WILLIAM CARLOS WILLIAMS
佩特森

〔美〕威廉·卡洛斯·威廉斯 著

永波　杨于军 译

人民文学出版社

图书在版编目（CIP）数据

佩特森 /（美）威廉·卡洛斯·威廉斯著；马永波，杨于军译.
—— 北京：人民文学出版社，2023
（巴别塔诗典）
ISBN 978-7-02-018221-3

Ⅰ. ①佩… Ⅱ. ①威… ②马… ③杨… Ⅲ. ①诗集 -
美国 - 现代 Ⅳ. ① I712.25

中国国家版本馆 CIP 数据核字 (2023) 第 174572 号

责任编辑　卜艳冰　何炜宏
装帧设计　李苗苗

出版发行　人民文学出版社
社　　址　北京市朝内大街 166 号
邮政编码　100705

印　　制　凸版艺彩（东莞）印刷有限公司
经　　销　全国新华书店等
字　　数　100 千字
开　　本　889 毫米 ×1194 毫米　1/32
印　　张　13.25
插　　页　5
版　　次　2023 年 11 月北京第 1 版
印　　次　2023 年 11 月第 1 次印刷
书　　号　978-7-02-018221-3
定　　价　108.00 元

如有印装质量问题，请与本社图书销售中心调换。电话：01065233595

目录

译者序　_1
威廉·卡洛斯·威廉斯关于《佩特森》的一份
　　说明　_1

第一卷（1946年）　_1
第二卷（1948年）　_67
第三卷（1949年）　_153
第四卷（1951年）　_241
第五卷（1958年）　_335
附录：第六卷（1961年）　_395

译者序

诗人叶芝在名诗《第二次降临》中写道:"一切都瓦解了,中心再不能保持,只是一片混乱降临到这个世界。"这种中心崩散、万物离析的局面,也可以用来形象化地描述二战之后美国诗歌的现场格局。美国当代评论家丹尼尔·霍夫曼对后现代主义诗歌无所不包且充满内在矛盾的情境也有过一段十分精彩的概括,美国后现代诗人不仅抛弃了传统严谨的英诗格律,而且彻底否定了诗歌的传统和规范本身,颠覆了人们所习见的种种逻各斯中心结构。他说:"一种新的魔鬼般措辞,对叙述或有连续性的组织和能够改写成散文的内容的否定,关于个人的题材——恋母情结的张力、性欲的坦白、自杀的冲动、疯狂——重新引进所有这些,全都毫不掩饰地、不作历史比较地呈现出来。对许多诗人来说,过去显得是不可改变地断裂了,不再适用了;或者诗人被个人的痛苦压垮,因此过去也主要是个人的、压迫性的;或者,诗人试图理解历史将我们变成了什么,求助于零零碎碎的奥妙和传播神秘信条的技巧,而拒绝那种反理性的理性组织结构。"①

美国现当代诗歌在经历了第一次大战前夕由庞德倡导的"意象派"所代表的童年期,两次世界大战之间以艾略特为代表的鼎盛时期,到20世纪50年代以降由威廉斯所领导的后现代时期,在经济、政治、社会制度等方面的剧烈脱节、现代人的自我与其种族历史的加速分离和异化的大背景之下,诗歌内部本身更是经历了一系列的变革,艾略特式学院气的沉思和玄想、庞德对异域风情和传统的过度依赖,都已经逐渐丧失了其诗学动力。而就威廉斯个人的创作历程来讲,他在一生遭受艾略特"非个性化"现代主义诗学模式的压迫之后,终于在20世纪50年代取得了突破性的胜利,艾略特式高度复杂的隐喻化诗学模式才开始让位于"开放性"的诗歌。而这个时期正好是威廉斯晚期写作阶段,和他一生建构的史诗性巨作《佩特森》的问世大有关联。可以说,美国二战后的诗歌诸流派都脱不开威廉斯的影响,垮掉派、黑山派、自白

---

① 引自丹尼尔·霍夫曼主编《美国当代文学》,中国文联出版公司,1984年版,第748页。

派、纽约派、深层意象派、客体主义、语言诗派，都和他有着或隐或显的关联。

如果说，艾略特和史蒂文斯代表了美国诗歌的现代主义，那么，庞德、威廉斯则开启了后现代主义，威廉斯与艾略特众所周知的"斗争"绝不是个人趣味所致，而是涉及美国诗歌的走向问题，威廉斯毕生奋斗不止，从1909年的第一本诗集到1962年的《出自勃鲁盖尔的绘画》为止，终于在后现代思潮的大背景下取得了胜利，被《哥伦比亚美国诗歌史》誉为"20世纪50年代以降美国诗人的导师"。

威廉斯写作之初模仿的是勃朗宁、济慈和惠特曼，也受到了终生好友庞德的影响，尽管威廉斯意识到自己应该写身边的事物，但根据他后来的回忆，他"恰恰不知道该怎么写，除了在济慈和拉斐尔前派那里了解到的东西，他对语言一无所知"。[1]在很多方面，庞德要比威廉斯"敏捷"，他对威廉斯第一本诗集的评价是"缺乏个性和独创"。威廉斯早期曾参与庞德的意象主义运动，诗作被收录到《意象派诗选》，是庞德倡导的意象主义原则的忠诚实践者。但是，就和

---

[1] Christopher Beach, *The Cambridge Introduction to Twentieth-Century American Poetry*, p.95. 克里斯多夫·比奇《剑桥二十世纪美国诗歌导论》，第95页。

女诗人 H. D. 一样，也和后来倡导漩涡主义的庞德本人一样，他们都突破了意象派偏向于静态物象、诗篇涵容度偏窄的不足之处，而有了自己独特的道路。

在现代主义诗歌向后现代主义诗歌转变和过渡之中，庞德起到了承前启后的重要作用。因此，我们可以 20 世纪 50 年代为界，将庞德作为现代主义诗歌的终点和后现代主义诗歌的起点。庞德一生跨越了这两个时代，他自己杰出的创作天才，他对艾略特等一大批现代主义诗人的帮助和提携，使他成为现代主义诗歌的精神导师。而在 20 世纪 20 年代之后，他又对当时盛行的、被普遍接受的艾略特非个性化诗歌教义展开了批评。他自己的写作所具有的那种颠覆意义，他对威廉斯为代表的众多后现代诗人的影响，在 70 年代后期越来越清晰地显现出来。庞德的长诗《诗章》几乎成了美国文学中所有长诗的楷模，其庞大规模差不多蕴含了日后后现代诗歌的所有特征。其内容涉及东西方的文艺、神话、建筑、经济、政治和名人传记等多学科的知识。从古希腊的奥德修斯、中国的孔子到当代的战争贩子和高利贷者，从诗人喜爱的美国总统杰弗逊、亚当斯到墨索里尼的经济政策，从西方的建筑艺术到儒家的伦理学，等等，无所不包，无所不有。庞德一反其先前的意象派诗歌的简洁、清晰和准确的原则，诗风变得混杂、散乱、艰涩难懂。威廉斯对《诗章》推崇备至，认为它是"逆着我们时代巍然竖起的一座纪念碑"。[1]有论者认为，威廉斯只是在早期的两本诗集中体现出庞德的影响以及对英国传统诗歌的模仿，但在笔者看来，威廉斯一生的写作都和庞德有着密不可分的关联，就拿《佩特森》来说，完全可以和庞德的《诗章》相比较，其中的碎片化拼贴手段的大量运用，就离不开庞德的启示。我甚至认为，威廉斯这部野心勃勃的长诗就是要与自己的老朋友作一番诗学上的"对称"和较量。

作为艾略特、庞德的同时代人，威廉斯不曾去英国取经，一辈子生活在新泽西州的路特福德，也许，作为一个英国人的儿子，他比大多数美国诗人都更强烈地意识到去除英国诗歌的所有特征的必要性。艾略特对传统英诗格律的继承、对荷马以来整个欧洲文学传统的珍视以及他阴郁的学院气质，都使得威廉斯认为《荒原》是对自由诗运动的背叛，是美国诗歌的一个灾难、一个误会，中断了诗歌对区域性艺术的基本原则和本质之美的探寻。他决心抓住工业化美国的实质，从形式上、内容上发展一种美国自己的新诗。在

---

[1] 见皮特·琼斯《美国诗人50家》，四川人民出版社，1989年版，第159页。

《给想要它的人》(1917)、《酸葡萄》(1921)和《春天及一切》(1923)中,威廉斯拒绝"旧世界"、拥抱"身边事物的新世界"精神开始有了明确的体现,他开始捕捉生动的现实和物理世界的独特性,在审美领域上,他脱离了典型的意象派抒情模式,他的主题往往是都市或半都市化的工业风景,他开始描绘传统上被视为普通的、无吸引力的或反诗意的场景、物体和人物,他的语言方式也开始脱离庞德与艾略特的自我意识的文学风格,而偏向于更加真实、本能、接近典型的美国化的语言。尤其是《春天及一切》,它是诗与散文段落的混排,是威廉斯最初的"作为行为场的诗"的尝试,其中诗歌的组织不是基于固定叙述或是主题上的考虑,而是呈现物体、思想和情感之间的流动和多面性,诗节既有对称性的,也有非对称性的。这本诗集中的诗可以看作威廉斯在散文段落中提出的诗学主张的诗歌演示,其中最为重要的是确立了艺术"想象"与现实的关系,它拒绝了古典主义的模仿论和浪漫主义的变形论,提出了一种新的客体艺术理论,主张诗歌不是语言,而是事物本身。在诗集末尾,威廉斯给出了有关想象的最内在的定义:"想象不是逃避现实,它不是对物体与情境的描述或者唤醒……它最为有力地肯定现实,因为现实不需要个人的支撑，而是摆脱了人类行为的自由存在……它创造一个新的物体。"诗与散文段落的并置以及对于想象的陈述，这些元素都在后来的《佩特森》中得到了继续的发展。

1946年，威廉斯苦心经营的五卷本巨著《佩特森》第一卷问世，这部富于地域乡土色彩的史诗性作品，将自我与广袤美国融为一体，显示了对经验吸收的仿佛毫无限制的能力，包容了各种各样的情感，可以说是首次将美国新诗带出了学者的书房，接近了普通的人群，结束了艾略特的现代派玄学诗统治英美诗坛的局面。

威廉斯诗歌的后现代特征主要体现在这样三个方面：第一，无中心性。他自己曾经有一句名言，"事物之外别无思想"（No ideas but in things）。在他的诗中找不到理念、逻各斯为中心的倾向，这使得其诗歌结构中诸要素（或诸物象）大有中国古典诗歌中的那种并置意味，人的主体意识与其他各种意识平等共存，与物齐一，而不是从人的主观出发去整理事物的本然秩序，所有事物都在一定范围内并存和相互作用。他不再像艾略特那样，以逻辑理念为主干、以感性经验为外观来建构其诗歌，而是更加强调主体间性的作用。第二，他强调诗歌创作的直接性和即时性，竭力呈现对象最原初的状态，让语言透明地显露出事物，不再阻隔在人与物之间，可以说他对语言既揭示又遮蔽事物的双重性有着高度的警觉。第三，受杜威的实用主义哲学影响，威廉斯认为"地方的是唯一普遍的"，从地方性的经验中同样可以凸显普遍性的意义。杜威认为，经验是人和环境相互作用的统一体，艺术作为经验将作者与读者的不同"地方"经验连接起来，于是，艺术便成了一种具有鲜明地方性特色的活动，艺术作品便意味着不同地方（局部、区域）经验之间的转换。同样，威廉斯重视以区域性代替世界性，常以美国口语和俚语入诗，这种语言策略实际上是用来完成其"地方性"使命的，其"地方性"实乃词、物和特定情境的结合体。

威廉斯还提倡使用实际语言的节奏，废除尾韵和抑扬格及音节数量方面的限定，而在每行中以句子重音来求得节奏。他发明了一种称为"美国音乐"的三拍子诗行，每句有三个重音。而他的"可变音步"，虽无明确的定义，但从形式上看，不排除音律，重音间的间隔和节奏单元富有变化，是诗人内在情绪的投射。受威廉斯影响的黑山派诗人奥尔森的"投射诗"的创新，更是主张以诗人的自然"呼吸"决定诗行的节奏，诗行的长短、停顿，则取决于诗的情绪，这样就将诗的节奏与内容完全结合了起来。50年代的垮掉派诗人金斯堡也是用"投射诗"手法进行创作的。奥尔森号召用打字机创作，因为它作为一种工具能够记录下"精确的呼吸、停顿，甚至音节的悬停，词的各部分的叠加"。利用他的打字机，奥尔森写出了令人目眩的诗行，有时像散文一样将一行诗拉得书页那么长，而另一些地方，又是简短的零碎，大片的空白，有时诗里还会插入散文片断。这便发展出他称之为开放式的现场写作，即诗的结构、形式全取决于内容，形式是内容的延长。感情流溢仿佛是无结构的，体现而不是回避或调整它的跳跃、停顿和不连续的特点。

这些手段无疑借鉴自威廉斯。首先，两者的创作都呈现即兴、自然的特征，摒弃了新批评智性诗歌的美学原则，抛弃了传统诗歌的那种所谓正确的语法、逻辑发展、格律、诗节、凝练，乃至传统的印刷形式，强调诗歌创作的自发性，诗行忽左忽右，长短不一，时而文字聚集在一起，时而文字疏朗，以至于一个字成为一行，以此显示作者的思想变化。其次是强调自我与非个性的统一，既反对新批评派的人格面具，又反对自白派的纯自我的真情坦述，而是主张自我表现与非个性融为一体。威廉斯和后来的黑山派诗人都认为，在人类的感知中，现实是偶然的、变化的、矛盾的,并且是难以解释的,因此,反映这种现实的诗歌也必定是不可预定、变化多端的。诗的形式必须顺其自然,如同日夜交替,潮涨潮落,没有定形。真正的诗永远是开放的、自由的。

应该说,这些特征均在威廉斯的《佩特森》之中体现得最为明显,他在20年代初所渴望的美国生活和精神,在这部史诗中已获得完美的表现,他的佩特森,已不仅仅是一座城市,也是一个人、一种语言,同时也是他的自我与他的时代的结合。这部史诗性的巨制写的都是具体地域中普通人的生活、历史,再也找不到艾略特式的上层社会的谈吐,也不再有传统意义上的英雄,诗人开始把注意力转移到生活中默默无闻的小人物身上,因为他们是与诗人生活在同一个现实世界中的伙伴,较之伟人是更真实的存在。也正是从此,开始了美国诗歌反英雄、反文化的倾向。威廉斯对地理环境的重视,倡导表现美国的城市、乡村的特点,也被后来的诗人大大发展,如金斯堡诗中的加利福尼亚超级市场,罗伯特·伯莱中西部原野的牧场、风雪和地貌。奥哈拉也把纽约的街景、朋友的名字、收音机的节目名称放入诗中,等等。

威廉斯写作《佩特森》的计划酝酿于1927年,到了40年代方始陆续问世,一直持续到其辞世,期间历时三十六载，其六卷分别发表于1946年、1948年、1949年、1951年、1958年和1961年，其漫长的创作周期也和庞德的《诗章》相类似。在这部长诗中，威廉斯实践了他对史诗"作为事件之诗"的认识，以及新闻报道式的记录性风格。其背景设置在新泽西州的佩特森城，不同于庞德包罗整个世界历史的史诗，威廉斯的目标是在相当普通的佩特森城中寻找一个足以体现自己身边的全部可知世界的意象，其灵感既来自该城的地理风貌（以其河流与瀑布作为核心意象），也来自该地区的历史，有的作为拼贴文本直接被纳入诗中。

这部长诗总体上的主题是现代人的心灵与城市之间的相似性，诗歌语言必须是"以我们能理解的语言为我们代言"。选择佩特森城有几个原因，它是诗人熟悉的城市，它不是很大，总体上是可以理解的，同时又具有变化和区别，它的历史与美国的开端相关联，它具有一个核心的地理特征，即帕塞伊克瀑布，它可以充当整体的象征。在形式上，《佩特森》的前四卷大致依照河流的流程，河的生命与诗人自己的生活历程日益相似，这四卷书依次以年代和地理为序编排，"瀑布上的河流、瀑布本身的灾难、瀑布下方的河流，以及最后汇入大海的入海口"，对应于一个人的人生进程——开始,寻求,抵达,终结。最后,也是最为重要的一点,《佩特森》是一部关于寻找语言救赎的诗篇,瀑布的喧响便是这种寻找的隐喻。

《佩特森》的组织形式是松散的,缺乏一个连续性的结构,也没有一个像《荒原》《四个四重奏》和部分《诗章》中的那种统一的声音,要想在其中寻找一个有组织的核心、一个控制性的意象或是一种神话般的预先设计,都是徒劳的,这部长诗不依赖于这种象征性的核心,它是去中心化的,更近乎立体主义绘画的模式,而不是传统诗歌的核心化模式,更近乎于"层层交织的阐释和词语的一种展开序列",永远无法抵达任何的主题、叙述或形式上的终止。庞德把艺术处理视为强行赋予混乱以秩序,威廉斯则认为诗的写作过程是一种发现的过程,类似于河的流程,河的方向与流速是变化的,受制于风景的变化,而诗则受制于新材料和新思想的发现。所以,它的形式是无法预先决定的,而是将开放性和即时性作为首要价值,《佩特森》绝非一件完成了的作品,而是它创造自身的行为,记录了它的创造者的意识。

尽管如此,我们依然可以对各卷书做出大致的归纳。到了40年代中期,威廉斯才最终确定了《佩特森》的形式,这是一种拼贴式的安排,包罗了众多不同的诗节形式,以及来源各异的散文材料,如当代和历史上的新闻报道、新泽西 19 世纪的历史、路特福德居民的口述历史、庞德和金斯堡等人的来信,甚至患者的病例和地质勘测的数据,而诗人则以记录员的身份出场。总体上来看,这部长诗是对现代美国文化的无序状态的描述与分析。

长诗的核心是帕塞伊克瀑布,它是佩特森城最突出的地理特征,也是它在 19 世纪和 20 世纪初期作为一个工业中心崛起的原因。被工业所利用的瀑布的喧嚣,在诗中充当了一种隐藏的、未被认知的植根于风景之中的潜在语言的源泉,诗篇本身,以及佩特森的居民们,必须发现和表现这个源泉,以摆脱城市古往今来的暴力和无根性。佩特森作为一个人物具有多变性,有时是一个与河流的历史相关联的神话人物,有时是城市的化身,有时是一个行医的诗人,试图发现写作这部诗篇的方法,而诗篇本身就是这种探索的记录。

前四卷书的标题提供了地理和主题上的指引,第一卷为《巨人们的轮廓》,将主题设定在当地神话与历史的语境之中,介绍了该地的基本特征。呈现的是现实的种种脱节与"不协和"现象,具体包括贪欲导致的人与自然的脱节(如 1857 年大卫·豪尔采蚌取珠导致人们蜂拥而至,最后令珠蚌惨遭毁灭)、人与人的脱节(如家人比利对"我"的猜忌)、人的思想与其语言的脱节(如卡明夫人与丈夫的"交流不畅"导致其坠崖身亡)。

第二卷为《公园里的星期天》,系现代生活的摹本,记录了佩特森医生在城市的山地公园里寻求风景的许诺而不得的过程,亦即自然的许诺已经落空。诗人失望地发现,无论是马西娅·纳迪无助的信,还是公园草丛中有性无爱的情侣,还是克劳斯号召人们抛弃金钱的热切福音,都没有减轻现代世界的"脱节"。

第三卷的标题是《图书馆》,佩特森希望寻求一种救赎性的语言并使之发出声音,但他在图书与文字中读到的只不过是一种僵化的语言,他陷身于目录和分类当中,但是当佩特森读到世纪初袭击该城的实际发生的火灾、洪水和旋风时,他心灵的风景引发的是城市所经历的同样的破坏与重塑,这说明,诗人是想以摧枯拉朽的力量涤荡一切的陈腐。

第四卷的标题是《奔向海洋》,没有提供结论,而是追忆了众多事件,盘点了一个人的一生,提供了更多有关不满足的性、谋杀和尤其针对妇女的暴力行为的例子,但是在本卷结尾,一个既是男性也是女性的人物从海中出现,返回内陆,带着旅行所获得的知识重新开始。在此,诗人否定了回到过去(以大海为象征)以实现救赎的可能性,而得出了打破对立、敌对方合作"联姻"的获救之道,比如佩特森城与河流及瀑布的互相依赖、居里夫妇发现元素"镭"、后辈诗人金斯堡坦诚平等的来信等。

第五卷有一个明确的题词,"纪念画家亨利·图卢兹·劳特雷克",本卷中没有了前四卷中到处充斥着的现代世界的种种"不协和",反而弥漫着浓郁祥和的艺术氛围,以艺术想象作为救赎的希望,如挂毯上的白色独角兽、抽象表现主义画家波洛克的滴画、萨福爱情诗的断章、勃鲁盖尔的画、萨堤尔的舞蹈。

第六卷系未完成稿,一般作为附录印刷,此时威廉斯已经遭受中风的折磨,视力模糊,甚至打字都很困难了。这种未完成态也可以看作《佩特森》开放性的一个象征。

《佩特森》各卷大致的内容基本如此,尽管因其实验性的手段和内容的庞杂,它所获得的评价有褒有贬,但总体上,但凡论及20世纪的长诗写作,《佩特森》和艾略特的《荒原》、庞德的《诗章》一样,都是绕不过去的。罗伯特·洛厄尔言称,"佩特森是惠特曼笔下的美国,它变得可怜而悲惨,遭受着粗暴的不平等对待,被工业混乱所破坏,面临着灭顶之灾。

没有任何诗人以如此高明、同情和经验的结合,以如此敏锐的洞察力和活力来书写它。"它与《荒原》和《诗章》这两部国际化长诗典范构成了鲜明对比,为本地经验和日常生活争取到了作为史诗宝贵主题的权利,它消耗了威廉斯晚年生活的大部分时间和精力,是对20世纪中期美国诗歌的重要贡献。

马永波
2022 年 1 月 1 日于南京孝陵卫罗汉巷

威廉·卡洛斯·威廉斯
关于《佩特森》的一份说明
1951 年 5 月 31 日

不记得是从什么时候开始，我考虑写一首关于现代人的思想和一座城市之间相似性的长诗。从维维安·科赫在我的笔记中发现的某些东西来看，可能是在 1925 年我第一次对这个想法进行了记录。当然，到了 1927 年，当我在《日晷》杂志因发表《佩特森》而获得该杂志的奖项时，我对我想处理的总体主题的想法已经有很好的进展了。

在决定了要做什么之后，我花了很多时间来决定我应该如何去完成这项任务。事情的关键在于：利用一座城市所呈现的多个方面来代表当代思想的类似方面，从而能够像我们了解、热爱和憎恨它那样，将人本身客观化。在我看来，这就是诗的作用，用我们能够理解的语言为我们代言。但首先，在我们能够理解它之前，这种语言必须是可识别的。我们必须知道它是我们自己的,我们必须满意于它为我们代言。而且,它必须像所有的语言一样仍然是一种语言、一种交流的符号。

因此,作为我的对象的城市必须是一座我了解其最亲密的细节的城市。纽约太大,太像整个世界诸般特征的集合体了。我想要的是离家更近的东西,是可以了解的东西。我特意选择了佩特森作为我的现实。对于我的目的来说,我自己所在的城市不够突出且缺乏多样化。还有其他的可能性,但佩特森是最为重要的。

佩特森有一段明确的历史,与美国的开端有关。它还有一个核心特征,就是帕塞伊克瀑布,当我开始思考这个问题时,它越发变得与我想说的东西密切相关。我开始阅读所有关于瀑布的历史、瀑布外小山上的公园和早期居民的资料。一开始,我决定按照河的流程写四卷书,随着我越来越多的思考,这条河与我自己的生命也越发相似:瀑布上的河流、瀑布本身的灾难、瀑布下方的河流,以及最后汇入大海的入海口。

这个总体计划有上百次的修改,因为我跟随的是主题而不是河流本身,我允许自己被吸引。在我看来,瀑布的噪声是我们过去和现在所寻找的一种语言，而我的寻找，当我环顾四周时，变成了努力解释和使用这种语言。这就是这首诗的实质。但这首诗也是诗人对他的语言的寻找，他自己的语言，除了作为实质性的主题外，我还必须用它来写作。我必须以某种方式写作，以使我心中的对象获得真实性。

因此，目标变得复杂了。它使我着迷，也使我受到指引。我必须思考和写作，我必须发明表达的手段，以我所使用的语言模式表现出所要求的东西。我还得努力思考如何结束这首诗。得出一个宏大的、令人满意的结论是不行的，因为我在我的主题中没有看到任何结论。我也不会为此感到困惑沮丧，或者为之欢欣鼓舞。它不属于这个主题。用"美丽的"海上日落、鸽子的飞行、爱情的终结和人类命运的混乱来制造一场大毁灭应该是很容易的。

相反，当小女孩最后融入这大城市可悲的世故之后，我们和她一样感到挫败，这是可以理解的，甚至是可爱的，我们最后来到了海边。奥德修斯像人必须做的那样游了进去，他没有淹死，他有能力，在他的狗的陪伴下，又向内陆（向卡姆登）进发，重新开始。

第一卷

(1946年)

：一种本地的骄傲；春天、夏天、秋天和大海；一种告白；一只篮子；一根纪念柱；对希腊和拉丁的一次徒手回应；一次聚集；一场庆典；

　　以独特的方式；通过增殖减少到一；大胆；一次降落；云层分解为多沙的水闸；一个强制的暂停；

　　很难解释；一种身份和一个行动计划取代一个行动计划；对闲置部分的一种占据；一种疏散和一种变形。

序

"追寻的是美的严密。但当美无可辩驳地封锁在心灵里,你将如何发现它?"

去开始行动吧
从各种细节出发,
把它们变得普遍,以
有缺陷的手段,积累起总和——
群狗中
只是一条狗
在嗅着树木。此外
还有什么?还要干什么?
余下的狗已经出去——
追逐野兔了。
只有这瘸腿的狗——还在
用三条腿站着。前后抓挠。
欺骗和进食。掘出

一根发霉的骨头

因为开始肯定就是
终结——因为我们纯粹而单纯,
除了我们自身的复杂性,
我们一无所知。
    然而
无法返回:从混沌中积累起,
九个月的奇迹,这座城市
这个人,一种同一——不可能
是别的什么东西——一种
双向的渗透。积累
起来!正面,反面;
迷醉的清醒的;辉煌的
粗野的;同一。在无知中
某种知识和知识,
未曾驱散,自行毁灭。

   (多样性的种子,
紧塞着细节,发酸了,
迷失在潮流和思想中,
分散,在同样的浮渣中

漂走）

积累起来，数量繁多地
积累起来。

    这是无知的太阳
在业已升起的恒星群
空洞的沟槽中升起，在这个世界上
一个人永远也无法好好地活在他的身体中
除了死去——并且不知道自己
正在死去；可那就是
安排。因此更新自我，
在增加和减少中，
走来走去。

  而技艺，
被思想颠覆，积累起来，让他
警觉，以免自己
又写起陈腐的诗……
大脑就像始终铺好的床铺，
    （比一片海岸的石头更多）
不情愿或无能为力。

翻卷而来，满溢，
在一片巨大的喧嚣下面，推进并弹回；
空气一样高涨，行船其上，色彩缤纷，
一片涤荡的大海——
从数学到各种细节——

　　如露滴分散，
雾气飘荡，雨水倾泻而下
重新汇聚成河
流淌和环绕：

　　贝壳与微生物
到处出现，直到人，

　　直到佩特森出现。

巨人们的轮廓

一

佩特森躺在帕塞伊克瀑布下方的山谷里
它筋疲力竭的水流构成了他脊背的轮廓。他
以右侧而卧,脑袋靠近众水的雷霆
充满着他的梦境!永恒地沉睡,
他的梦在城市周围走来走去,在这里他一直
隐姓埋名。蝴蝶安歇在他的石头耳朵上。
永恒的他既不移动也不醒来,也很少
被看见,尽管他呼吸着,他的阴谋的精明之处
从河流倾泻的喧闹中汲取精华
催动成千部自动装置。那些人
既不知道他们的源头,也不知道他们为何
失望,大多时候盲目地走在他们的身躯之外
封锁和遗忘在他们的欲望之中——未经唤醒。

——说吧,事物之外别无思想——
不过是房屋空白的面孔
和圆柱形的树木
弯曲,因成见和意外而分叉——
裂开,犁出沟痕,起皱,斑驳,玷污——
秘密——进入光的躯体!

从上面,高于尖顶,甚至
高于办公大厦,从软泥的田野
那让步给枯草的灰色床铺,
黑色的漆树,枯萎的杂草,
淤泥和堆积死叶的灌木丛之处——
河流从高处倾泻进城市
在峡谷边缘崩碎
在反冲中形成水花和带虹彩的雾气——

(什么样的通用语言能够阐明?
梳理成笔直的线条
从一块岩石之唇的
橡子。)

一个男人像一座城市,而一个女人像一朵花

——他们在恋爱。两个女人。三个女人。
无数的女人,每一个都像一朵花。

但是

只有一个男人——像一座城市。

  关于我留给你的诗;能否烦劳你把它们寄回我的新地址?不必费心评论它们,如果你发现那让你尴尬——因为是人类状况而非文学状况促使我打电话和拜访。

  此外,我知道自己更像个女人而不是诗人;我关心生存要胜过关心诗歌出版商……

  但是他们启动了一项调查……我的门被永远闩上了(我希望是永远),不向任何公益活动家、职业帮倒忙的人及诸如此类者敞开。[1]

像接近边缘的水流

---

[1] 此段从马西娅·纳迪(Marcia Nardi, 1901—1990)1942 年 4 月 9 日写给威廉斯的 4 页手写书信中改编而成,其中"但是他们启动了一项调查"一句是威廉斯自己的总结。她当时住在纽约,给威廉斯打过电话,随后为了自己儿子的事情拜访了他,在来访时给威廉斯留下了一些她的诗,以便他予以评论,威廉斯赞赏她的诗并鼓励她发表。他们随后的通信超过 13 封,威廉斯在本书第二卷中多次引用她的书信。

冲撞着,他的思想
交织,抵抗和减弱,
漫过阻挡的岩石,规避
但永远奋力向前——或是击打出
一股涡流和漩涡,以一片
叶子或凝乳状的泡沫为标记,
仿佛想要遗忘

随后又重新向前
被后续的群落代替
向前推进——它们此刻合并在一起
因迅疾而玻璃一般光滑,
安静或似乎安静下来,仿佛最后
它们跳向结局
又坠落下来,坠落在空气中!仿佛
飘浮着,摆脱了重量,
裂开,形成带状;眩晕,醉于
灾难的临近
无支撑地飘浮着
撞击岩石:终至成为一声雷霆,
仿佛闪电击打

所有的轻盈消失了,在拒绝中
重新获得重量,一阵逃跑的震怒
驱使它们重新反弹在
那些后来者之上——
但始终与激流保持一致,它们
重新回到自己的轨道上,空气充满了
骚动和水花
蕴含着同等的、同时代的空气,
充满了空洞

而在那里,低矮的山丘朝着他延伸。
公园是她雕刻出的头,在瀑布之上,在宁静的
河边;彩色的水晶是那些岩石的秘密;
农场和池塘,月桂树和温带野生仙人掌,
黄色的花……面对着他,他的手臂
支撑着她,在岩石的山谷旁,沉睡。
珍珠在她的脚踝上,她怪异的头发
装饰着苹果花瓣,抛撒进
偏僻的乡野,惊醒他们的梦——那里有鹿在奔跑
林鸳鸯在筑巢,保护华丽的羽毛。

1857年2月,大卫·豪尔,一个赡养着一大家人

的穷鞋匠，失业没了收入，从佩特森城附近的峡溪捡了很多的蚌。他吃蚌的时候发现了许多硬物。起初他把这些东西都扔了，但最后他拿了一些给一个珠宝商，珠宝商为此给了他二十五到三十美元。后来他又有发现。一颗美丽光泽的珍珠以九百美元的价格卖给了蒂凡尼，随后又以两千美元卖给了欧仁妮皇后，从此被称为"皇后珍珠"，是当今世上此类珍珠中最美的。

这桩买卖的消息引发了一股狂热，人们开始到处搜寻珍珠。峡溪和其他地方的珠蚌被数以百万计地收集起来加以摧毁，但往往收效甚微或一无所获。一颗又大又圆、重四百格令①的珍珠因煮开蚌壳而损毁，不然就是现代最好的珍珠了。

> 每月两次，佩特森接收到
> 来自教宗和雅克·巴赞②
> （伊苏克拉底③）的信函。他的作品
> 已经译成了法语
> 和葡萄牙语。邮局职员们

---

① 1 格令（grain）约 64.8 毫克，400 格令约合 25.9 克。
② 雅克·巴赞（Jacques Barzun, 1907—2012），美国文化历史学家、哥伦比亚大学教授，著有《从黎明到衰落》等。
③ 伊苏克拉底（Isocrates，前 436—前 338），雅典演说家。

从他的包裹上
揭下稀罕的邮票
偷走,给他们的孩子
放在集邮册中

说吧!事物之外别无思想。
佩特森先生已经离开
去休息和写作。巴士上有人看着
他的诸多思想或坐或站。他的
诸多思想下车,四散——

这些人是谁(数学
何其复杂),我在其中看见自己
在定期订购的他的思想的
平板玻璃中,在鞋子和自行车前闪着微光?
他们行走,不得与外界交流,
方程式无解,但是
它具有清晰的意义——他们会活着
他的思想被列在
电话簿上——

    并且衍生开来,大瀑布,

14

尿吧！让巨人飞走！还有，美丽的曼西①

他们渴望奇迹！

革命军的一位绅士，在描绘过瀑布之后，又描绘了该地区当时存在的另一个自然奇观：下午的时候，我们应邀访问附近的另一个奇观。这是一个人形怪物，他有二十七岁，他的脸孔从额顶到下巴，长二十七英寸，他的头顶圆周长二十一英寸，他的眼睛和鼻子大而突出，下巴又长又尖。他的容貌粗糙、反常，令人作呕，他的声音粗野洪亮。他的身体长二十七英寸，四肢短小，极度变形，他只有一只手能用。他从来都坐不起来，因为支撑不起他头部的巨大重量；他总是躺在一个大摇篮里，用枕头支撑着脑袋。有大批的人来看他，他尤其喜欢牧师的陪伴，经常要求他们来拜访他，并从接受宗教教诲中得到很大的快乐。华盛顿将军曾经拜访过他，并问"他是共和党还是保守党"。他回答说，他从未积极参与过任何一方的活动。

一个奇迹！一个奇迹！

———————

① 曼西（Muncie），美国印第安纳州一城市。

当汉密尔顿眺望（瀑布）并留下他的忠告时，从他看见了十座房子开始，到世纪中叶为止——那些工厂吸引来各色混杂人等。1870年，那里诞生的原住民人口为20711人，其中当然包括了外国父母所生的孩子；12868名外来人口当中，有237名是法国血统，1420人是德国人，3343人是英国人——（后来建了城堡的兰博特先生就在他们之中），5124人是爱尔兰人，879人是苏格兰人，1360人是荷兰人，还有170人是瑞士人——

坠落的水流周围是复仇三女神在高声咒骂！
暴力在聚集，旋转在她们的大脑之中
召唤着她们：

特瓦夫特鱼，或条纹鲈鱼也很多，甚至个头很大的鲟鱼，也经常能捕到——1817年8月31日，星期日，在瀑布潭下面不远处，捕到了一条七英尺六英寸、重126磅的家伙。男孩们不断地向它投掷石块，直到它筋疲力竭，其中一个男孩约翰·温特斯便涉入水中，爬到这大鱼的背上，同时，另一个男孩抓住鱼喉和鱼鳃，把它拖到岸上。1817年9月3日，星期三的《卑尔根快报和佩特森广告报》，拿出半版篇幅报道此一事件，标题为《怪物捉到了》。

  他们开始了！
完美之物都是尖锐的
鲜花把它彩色的花瓣远远地
  铺展在阳光之下
但是蜜蜂之舌
  错过了它们
它们沉回壤土中
  大声叫喊
——你可以称之为叫喊
一阵颤抖逼近它们，
  它们随后枯萎，消失：
婚姻终于有了一种令人发抖的
  含义

  叫喊出来
或是获得一份更为微弱的满足：
  一些人
去了海岸却一无所获——
语言在错过他们

他们也将死去
　　不得与外界交流。

语言，语言
　　背叛了他们
他们不认识词语
　　或是没有勇气
使用它们。
　　——少女们来自
衰落的家族
并被带进山里：没有词语。
她们会注视她们
　　心中的激流
她们对它很陌生。

她们转过身
变得虚弱——但是又复原！
　　生活是甜蜜的
她们说：语言！
　　——语言
是从她们心中分离出来的，
语言……语言！

如果没有美，就会有一种陌生，一种粗野生活和文明生活之间的大胆关联，在拉马波①一起生长：两个阶段。

在群山中，褐色的鳟鱼在灵伍德②浅滩的石头中间滑行——老莱尔森农场原先就在那里——它的紫罗兰草地，周边镶嵌着树林，灰胡桃树、榆树、白橡树、栗树、山毛榉、桦树、山茱萸、香枫、斜枝上结着红果的野樱桃和越橘。

树林中则拥挤着钢铁工人的棚屋，烧炭工人，石灰窑工人——躲开了可爱的灵伍德——在那里，喜欢诗歌的华盛顿将军，从旁普顿而来，在吊死叛徒之后，可以安心休息了——为在西点镇横跨哈德逊的大铁链已经造成。

田纳西发生了暴动，印第安人发动了一次大屠杀，绞刑和流放——其中有六十个人，站在绞刑台上等待着。塔斯卡洛拉人被迫离开他们的家园，受"六族"邀请，与他们在上纽约州会合。年轻的印第安人继续前进，但有些妇女和流浪者连西沙芬的峡谷分岔

---

① 拉马波（Ramapos），美国新泽西州东北部一山脉。
② 灵伍德（Ringwood），美国新泽西州帕塞伊克县的自治区。

口都没有越过。他们躲进山里，在那里又有英军的黑森逃兵加入，其中有一些白化病者、逃跑的黑奴、大量妇女和她们乳臭未干的小孩，英军被迫撤离之后，她们被抛在了纽约城。他们把她们关在栏中——她们在利物浦和其他地方被一个叫做杰克逊的男人捡走，他和英国政府有协议，为在美国的士兵提供女人。

这些乌合之众在森林中奔跑，并获得了通称，杰克逊的白人。（也有一些黑人混在其中，还有一船的西印度群岛的黑女人，用来代替损失的白人，因为来自英格兰的六艘船在海上风暴中沉了一艘。他必须设法弥补，而那是最快最便宜的方法。）

这个地区被称作新巴巴多斯地峡。

17世纪中叶，克伦威尔将数千名爱尔兰妇女儿童，用船运到了巴巴多斯，当作奴隶出卖。主人们强迫她们与其他人交媾，这些不幸的人生养了几代说爱尔兰语的黑人和黑白混血儿。直到今日，人们还普遍认为，巴巴多斯原住民说话带有爱尔兰腔。

　　我记得
一张地理图片，某个非洲酋长的
九个女人，半裸着
跨坐在一根原木上，据推测

那是一根正规的原木,头朝向左方:

  最边上
僵硬地坐着一个新来的年轻女人,
直挺着,一个骄傲的女王,明白自己的权力,
她浓密高耸的头发,粘着泥块
倾斜在眼眉上方——她眉头紧皱。

她后面,其他女人
以新鲜度递减的顺序
僵硬地紧紧拥挤在一起

  然后
最后,是那个大老婆,
现身出来!支撑着她抚养长大的
所有其他女人——她的眼神忧虑
严肃,富有威胁性——但毫不畏缩;乳房
因使用过度而松垂

但是另外那个女人向上竖起的
乳房,张力十足,
充满未经释放的压力

明显流露出
重新点燃的活力。

  并不是闪电
没有从两端——和中间
戳穿一个男人的秘密,无论
他是怎样的一个酋长,更有甚者
正是因此,他将在家中被摧毁

  女人般的,一个模糊的微笑,
没有归属,像一只鸽子飘浮着
在漫长的飞行后归巢。

  萨拉·卡明夫人,纽瓦克的胡柏·卡明牧师的配偶,缅因州波特兰已故的约翰·埃蒙斯先生的女儿……她结婚已经有两个来月了,人们谄媚地祝福她前景无限,享有普通人所没有的俗世幸福,以及天意授予她的有用之物;可是,哎,每一份尘世欢乐的持久性都是多么不确定啊。

  1812年6月20日,星期六,卡明牧师和他的妻子骑马去了佩特森,受长老会的指派,在第二天,要给当地穷人组织一次聚会……星期一早晨,他和自己钟爱的伴侣一起出去，领她去看帕塞伊克瀑布，以及周边美丽浪漫的荒野景象——根本没有预料到会发生严重的事故。

登上数百级的阶梯之后，卡明先生和夫人走过结实的岩架，来到大瀑布附近，着迷于美妙的景色，尽情观赏着周遭惊人的大自然的鬼斧神工。最后他们站到了坚固岩石的边缘，那岩石悬挂在水潭之上，距离瀑布有六或八杆远，以前有成千的人曾经到过，那里视野良好，适宜观赏此地壮丽的奇景。他们花了相当长的时间欣赏富丽奢华的景色，然后卡明先生说，"亲爱的，我想我们应该转头回家了"；与此同时，他转身准备带路离开。但即刻就听到了惨叫声，回头一看，他的妻子不见了！

在某种意义上，卡明先生对这悲惨状况的感受是可想而知的，却无法描述。他心神恍惚，几乎不知道他的举动会使他坠下深渊，幸好出于天意的恩赐，一个年轻男子恰好在附近，他立即飞奔过去，像一个护卫天使，一把将他抱住，阻止了当时他的理智无法阻止的一步。这个年轻人把他从险境中拉了回来，引导他下到阶梯下的平地。卡明先生挣脱保护者的手臂，发疯地奔跑开去，想跳进致命的洪水。他的年轻朋友，再一次抓住了他……搜索立即展开，细致彻底，持续了一整个白天，搜寻卡明夫人的尸体；但一无所获。

第二天早上，在四十二英尺深的一处潭水中，找到了她属于尘世的部分，并在同一天，运到了纽瓦克。

一种错误的语言。一种正确的语言。一种错误的语言倾泻着——

一种语言（被误解）倾泻着（被误会），没有尊严，没有牧师，碰撞着一只石头耳朵。至少
它是为她准备的。事实上，帕奇也是如此。他
在1828年和1829年成了民族英雄，漫游全国
从悬崖和桅杆、岩石和桥梁上跳水——为了证明
自己的论点：某些事情可以做得和别的一样好。

旧时代泽西爱国者

N. F. 佩特森！

伟伟伟大历史

（N代表挪亚；F代表费图①；P是佩特森的缩写）

"泽西闪电②"献给男孩子们。

到现在为止，一切顺利。滑轮和绳索都安全地固

---

① 费图（Edward Faitoute Condict Young, 1835—1908），美国银行家、生产商和政治家，泽西城第一国家银行总裁。
② "泽西闪电"（Jersey lighting），新泽西出产的一种苹果白兰地酒。

定在峡谷两边，一切准备就绪，要把笨重的桥拉到位置。这是一个木结构，两侧和顶部用木板封住。大约下午两点，聚集了一大群人——观看大桥就位——在那个时候算是人多的，因为这个城镇只有四千左右人口。

那天对老佩特森来说是个大日子。因为是周六，工厂都关门了，给了人们一个庆祝的机会。参加大部分庆典活动的人中有一位山姆·帕奇，当时还住在佩特森，是一家工厂主管棉纺机的领班。他是我的领班，扇过我很多次耳光。

嗯，那天警官们都在盯着帕奇，因为他们认为他会狂欢作乐，会惹麻烦。帕奇经常扬言说他会从山崖上跳下去，因此多次被捕。他之前因为震颤性谵妄症非常严重，被关在银行下面的地下室里，但在大桥要被拉过峡谷的那天，他被放出来了。有人觉得他疯了。他们的看法没有大错。

但是那天镇上最开心的是蒂莫西·B.克拉内，他是大桥工程的负责人。蒂莫西·克拉内是旅馆老板，在瀑布的曼彻斯特一侧经营一家客栈，那里是马戏团演员们的休闲圣地。很久以前知名的马戏团演员，如丹·罗斯和伟大的无马鞍骑手詹姆斯·库克，都拜访过他。

蒂莫西·克拉内建造大桥是因为他的对手费菲尔

德，费菲尔德在瀑布另一侧经营客栈，获益于"雅各之梯"，有时也被称作"百步台阶"，那是一条长长的粗糙的曲折阶梯，从峡谷通向河对岸——这样，去他的店就更容易了……克拉内很魁梧，身高超过六英尺，留着络腮胡子。在其他居民印象中他是一个精力充沛的人，很能干。举止很像身材高大强健的山姆·帕奇。

当命令传来，开始把桥拉过峡谷，人群的欢呼响彻空中。但是他们只拉到一半，一只滚轴销从绳索上滑落，掉进下面的水里。

正当大家以为这巨大笨重的桥就要倾斜、坠入峡谷时，一个身影闪电般从最高处跃起，溅起一朵水花，潜进暗沉的水里，游向木制滚轴销，把它拖到岸边。这就是山姆·帕奇作为知名跳水者生涯的开始。我见过那个，一个老人得意地说，我不相信现在镇上还有别人目睹过当年那个场面。下面是山姆·帕奇当时说的话："嗨，老蒂莫西·克拉内认为他做了一件了不起的事情；但是我可以打败他。"他边说，边跳进水里。[1]

---

[1] 到这里为止的散文部分取自查尔斯·朗韦尔（Charles P. Longwell）的《一个老人讲的老佩特森的一个小故事》，1901年，第37—41页。

山姆·帕奇说得没错！

　　水还在倾泻
从岩石的边缘，用它的声音
充满他的耳朵，那声音很难解释。
一个奇迹！

　　从此开始，他环游西部，唯一陪伴他的是途中捡到的一只狐狸和一头熊。

　　他从山羊岛的一处岩架跳进尼亚加拉河。然后宣布回到泽西之前要给西部创造最后一个奇迹。1829年11月13日，他从杰纳西河瀑布125英尺处跳下。游览团从美国各地，甚至从加拿大长途而来，只为一睹这个奇观。

　　一座平台搭建在瀑布边缘。他不辞劳苦地确定了下面的水深。甚至成功地进行了一次试跳。

　　当天，人群聚集在瀑布四周。他出现了，像往常一样对他的行动做了简短说明。一个演讲！他能说什么？既然他必须不顾一切地跳下，去完成它。于是他纵身投入下面的激流。但是他的身体没有像铅锤一样径直快速下降，而是在空中摇晃——他的演讲背叛了他。他糊涂了。这个词语的含义被抽干了。山姆·帕奇没有错。他侧身落水,消失了。

接下来是巨大的沉默,人们中了魔咒一般呆立在那里。

直到第二年春天,尸体才被发现冻结在冰块里。

他曾经从俯瞰尼亚加拉激流的悬崖上把他的宠物熊扔了下去,然后又在下游把它救上来。①

---

① "从此开始"至此,大部分是威廉斯自己的散文,改编自《美国传记词典》中的细节和语言。

二

没有方向。去往何处？我
说不出。我说不出
更多的方法。这个方法（嚎叫）仅仅
由我处置（建议）：观看——
比石头更冷静。

      一枚长青的花蕾，
紧缩着，落在人行道上，汁液饱满
色泽鲜艳，却脱离了，脱离了
它的同伴，低低落下——

       脱离是
我们时代的知识标志，
脱离！脱离！

   河水的咆哮
永远在我们耳朵里鸣响（拖欠）
引人入眠和沉默，永恒睡眠的
咆哮……挑战着

我们的清醒——

——幼稚的欲望，不负责任，青涩，
摸上去比石头还冷，
尚未成熟——挑战着我们的清醒：

两个半大女孩欢庆神圣的复活节，
（不同于所有的户外活动）
环绕自身而编织，从下面
沉重的空气，浑浊的半透明的漩涡
倾泻而下，将她们分开，
将光隔开：她们光着
脑袋，干净的头发下垂——

两个人——
　　　全然不同，在她们倾泻的头发的水中
没有什么东西
消融——

两个人，被趋于一致的本能的束缚：
从同一片材料裁出的发带，
呈樱桃红色，束起她们的头发：其中一个——

手中拿着一根布满嫩芽的柳条,
从一株无叶的矮树上折下来,
(或许是鳗鱼或许是月亮!)
握着它,聚拢的浪花,
直立在空中,倾泻的空气,
抚摸着柔软的毛发——

    难道她们不美吗?!

当然我不是知更鸟,也并非博学多识,
不是伊拉斯谟,也不是年复一年
回到同一片土地的鸟儿。或许我是……
土地已经历过
一次微妙的变化,它的身份变了。

印第安人!

他疑惑着,为什么一说到"我",
就让我几乎毫无兴趣?

         主题
或许像它证明的那样:正在沉睡,未受承认——

浑然一体,独自
在一阵不移动任何他物的风中——
就以那种方式:度过
星期日下午的方式,当绿色的灌木摇晃。

……一大堆细节
在新的土地上艰难地互相关联起来;
一种谐音,一种同源物
　　　　　　　　三层叠加
聚拢异质之物,加以澄清
和压缩

河流蜿蜒,水量充盈——当一片灌木丛摇晃
一只白鹤将会飞来
在此安家!一团白色,
在开着蓝花的梭鱼草的
浅水中,在夏天,夏天!但愿它
真的会来,落在这浅水中!

　　路堤上,一个低矮的
致密锥体(刺柏)
在冷漠的大风中

狂乱地颤抖:雄株——耸立
扎根在那里。

复又想起:我为什么没有
因为那并不存在或无人可得的
想象的美,在很久以前
就刻意踏上死亡的路途?

  像鲸鱼的呼吸一样难闻:呼吸!
呼吸!

帕奇一跃而下,但卡明太太尖叫
跌落——没有人看见(尽管
半个多小时前她一直站在
丈夫身边,距离崖边二十英尺)。

:来年春天发现了一具尸体
冻在冰块里;或一具尸体
第二天从泥浆的旋涡里打捞出来——

两者都沉默,无法沟通

只是最近，最近！我开始知道，
清楚地知道（如同透过清晰的冰）
我何以呼吸或如何清楚地
运用呼吸——即便不够好：

     清楚地！
红胸知更鸟诉说它的请求。清楚地！
清楚地！

——观察，全神贯注！一根
瀑布边缘的树枝，一根
斑驳的树枝，隐藏在
合腰粗的梧桐树
漩涡状的树枝间
它很少晃动，与其他树枝分开，缓慢地
以长颈鹿般的笨拙，轻轻地
沿着一个长轴，如此轻微
几乎不被注意，暴风雨在它体内：

于是

第一个妻子，以长颈鹿般的笨拙

置身于刺向一个男人秘密的
密集的闪电之中:总之,一次睡眠,一个
源头,一场灾祸。

  在一根原木上,她发亮的头发
紧紧束起,如同白蚁的巢穴(形成
一些发绺),她衰老的大腿
虔诚地夹紧原木,就这样,
合为一体,支撑起他人——
蓦然警醒:开始知道歌唱着的
是那斑驳的树枝。

  当然**不是**大学,
一朵绿色花蕾落在人行道上
甜美的气息遭到压抑:脱离(语言
结结巴巴)

   尚未成熟:

两姐妹从她们张开的嘴里
复活节降临——高喊,

脱离！
　　　　　　　当

绿色的灌木摇晃：在那里
我呼吸，摇晃，自成一体，
独立，暂时活跃起来，暂时
全然无惧……

也就是说，虽然表现得
可怜，却有了第一个妻子
和第一种美，那些复杂的、卵形的——
木制萼片顶住固有的压力
立在后面，先天如此

一朵花在另一朵花中，它的历史
（在思想中）蜷缩在
多蕨的岩石中间，嘲笑
他们用来捕获它的名字。逃脱！
从来不是凭借奔跑而是凭借静卧——

一段历史，凭借它岩石间的巢穴，
树干和毒牙，拥有它自己的藤丛
在那里，半隐半藏的藤条和根茎

混在一起,它露齿而笑(受蔑视的美)
与百科全书无关。

如果我们足够靠近,它难闻的气息
会让我们晕倒。岩石上的寺庙
是它的兄弟,其宏伟
缘于丛林——在知识的扫射下
被迫跳起:去杀死

并碾碎那些骨头:

它们映照出这些可怖的东西:
雪落进水中,
有的落在岩石上,有的落在干草中
有的落进水里
消失——丧失原来的形态:

鸟儿落下,双脚
向前推,吸收冲力
但还是向前落到
细枝中间。花梗细弱的雏菊
被风吹弯……

太阳

把黄色的旋花植物缠绕在
一丛灌木周围；蠕虫和蚊蚋，石头下的生命。
可怜的蛇有着马赛克的皮肤
和疯狂的舌头。马，公牛
压裂的思想喧嚣不止
金属质感的声音在街道上归于乌有
一台拖着重物的机车
荒诞的尊严——

精炼的哲学

每日出出进进，以书卷
支撑着摇晃的桌子一端——
事件模糊而精确，和语言
双双起舞，它们
总是能超越语言——而黎明
纠结在黑暗中——

和我们同居在空穴的巨人
不知道是什么空气在维持
我们——模糊，独特

同样模糊的

   他的思想,激流
而我们,我们两个,在激流中分开,
我们也是同样:彼此相似的三者——

   我们坐着,谈话
我希望和你上床,我们两个
仿佛床是一条激流的河床
——我有很多话要和你说

   我们坐着,谈话,
安静地,间隔着长长的沉默
我知道激流
没有语言,流动在
你眼睛安静的
天空下

   你的眼睛没有语言;和你
一起上床,超越
见面的那一刻,当水流
仍在半空中飘浮,和你

一起落下——
从边缘落下,在崩溃
之前——

    抓住这个时刻。

我们坐着谈话,略微感受到
巨人们飞奔的影响
在某些时刻,湍急的流水
漫过我们。

  如果我需要它,如同
别人曾经需要它
并且过快地得到它,你应该
同意。如果你同意

     我们坐着谈话
而寂静谈及巨人们
他们死在过去
返回那些令人不满的场景
而并没有不满的人
沉默者,辛加克岩肩

从岩石中出现——巨人们

再次活在你的沉默

和尚未承认的欲望中——

空气悬浮在水上

激起涟漪,兄弟情深

像思想接触那样动人,

倒流,逆流而上

带来田野,炎热与寒冷

并行而从不融合,一个在边缘

回旋,隐形地弯曲

向上,充满空洞,旋转着,

另一个与之相伴——但是分开,敏于观察

危难,上下横扫,清除

浪花——

  带来分离的世界的

流言,像鸟类对抗鱼,葡萄

对抗在开花的悬钩子旁

低潮带出的起伏的青草,伴随洪水的风暴——

歌和翅膀——

　　　　一个不同于另一个，
彼此双生，因怪癖而亲近
肩并肩，携带着水珠
和雪，接近，水抚慰着空气
当它一阵阵钻入岩石中间——

　　而一万英尺高处，越过海地
　　忧郁黯淡的群山，王子港
　　被陆地包围的海湾，蓝色硫酸
　　带着苍白激流的条纹，褴褛如松散的
　　头发，染得很糟糕——像化学废物
　　混进来，侵蚀着海岸……

他让它笔直向下，猛撞海湾
汹涌的水域；但又再次升起
逐渐下降，再次猛撞
但保持滑行
直到他们等待的码头——

（卡洛斯就这样在七十年代逃离
留下我祖父母的肖像，
家具，银器，甚至

在大街尽头的革命者到来之前
桌子上的食物还是热的。)

　　我今天去看我母亲。我姐姐"比利",住在学校。她在的时候我从来不回去。昨天母亲胃酸疼。我发现她躺在床上。不过,她还是帮助"比利"干完了活。我母亲总是尽力分担,总是要为她的孩子们做些什么。在我离开的前几天,发现她开始缝补我的裤子。我把它们拿开,说:"妈妈,你不能为我做这些,你的头有伤。你知道,我总是找路易斯或托尼太太为我做这些的。""比利"抬起头说:"你真是太糟糕了。"

　　我已经告诉过你我会帮忙做事,做菜,一天三次,扫地擦地,打扫走廊,清理院子,割草,给房顶铺沥青,修修补补,帮忙洗衣服,搬杂货进来,把尿罐子搬出去,每天早上清洗,甚至有时清理"比利"有粪便的便盆,我还干其他活儿,就这样,"比利"还会经常说:"你在这里什么都不干。"有一次她甚至说:"我那天早上看见你在外面打扫走廊,假装在干活。"

　　当然,"比利"动过外科手术,经历过闭经,还患了面瘫,但她总是很怪异,总想指挥别人。我在哈特福德的妹妹说，她过去常常把她撞倒，直到她长大了可以将她打翻。我见过她扇她丈夫耳光。我真想打得她一个星期恢复不过来。她曾拿着拨火棍之类的东西冲向我，我总是告诉她不要打人。"别犯那样的错。"我总是会警告她。

"比利"是个好工人，细致周到，但是总想怪罪——别人。我告诉我在哈特福德的朋友，她就像我们的女房东，"手枪"。他说他有个妹妹也是那样。

至于我母亲，她对火着迷。所以她说等她死掉，不让我单独待在那里。很多年，孩子们都说，所有孩子中她最惦念的就是我。

T.①

他们失败了，他们因为鸡眼而跛行。
我想他打算杀了我。我不知道
怎么办。他午夜后进来，
我假装睡着了。他站在那里，
我感觉到他俯视着我，我

---

① 这里的散文改编自阿尔瓦.N.特纳（Alva N. Turner, 1878—1963）写给威廉斯的一封信的附言，特纳1878年生于伊利诺伊州，牧师、中学教师和诗人，他和威廉斯通信几乎有40年。

很害怕!

    谁？谁？谁？什么？
一个夏日傍晚？

一夸脱土豆，半打橙子，
一捆甜菜和一些绿色蔬菜汤。
看，我有一套新牙。为什么
你看起来年轻了十岁。

但是永远不要忘记，在绝望和焦虑中，
运用机智，直到发现
他的思想，端庄而简单
而尽管他的思想端庄而简单
也永远不要忘记，绝望和
焦虑：一个精力充沛的人的
优雅和细节——

所以在他的彬彬有礼中他是智慧的。

精神错乱的解决方案，立刻迫使他
进入后街，再次开始：

在酸味中走上空阶梯
与淫秽会面。在那里他发现
一种红色棒棒糖令人苦恼的甜蜜——
和一条尖叫的狗:
过来,对了,奇奇!或者一个大肚子
不再大笑,而是用没有表情的黑肚脐
哀悼着爱的
欺骗……

它们是他整个概念的分裂
和失衡因素,因为怜悯而脆弱,
轻蔑着欲望;它们——没有思想而是
在事实中……

  我对你真的没有恶意,但是会督促你朝向那些空幻的目标前进,恳求你遵从自己的神话,任何拖延都是对你自己撒谎。拖延让我们变得邪恶而无足轻重:关于我自己和他人,我能说的是,一个人说谎、通奸甚或拜金都没关系,只要他在骨子里不是彼拉多而是饥饿的拉撒路。普罗提诺曾经被问道:"何谓哲学?"他回答:"*就是最重要的东西。*"已故的米盖尔·德·乌纳穆诺也曾叫喊,不要像歌德临死前那样说"多点儿光,多点儿光",而是"多点儿温暖,多点儿温暖!"我无比憎恨彼拉多爱嘲弄的铁石心肠;我厌恶它胜于欺瞒和虚伪,和所有肉欲之舌那小角蝰的恶意。所以我攻击你,就像你说的,不是因为我认为你为了钱财而骗人或说谎,而是因为每当你稍微看到一个人骨子里有个疑虑不安的基督徒,你就会说谎、恼怒和欺诈。你恨它;它让你苦恼;因而,所有美国人都如此溺爱那个低贱的词,外向。当然,你的天性了解得更清楚,就像你写过的一些非常可爱的篇章所显示的。

但是作为总结,你和我没有彼此也一样可以,按照人们惯常的坏死脱皮的习惯和礼节过下去。我可以继续我的关于生死的独白,直到不可避免的毁灭。可那是错误的。如我所说,无论我为自己设下什么陷阱,我不会为爱伦坡哭泣,或是里尔克、迪金森和果戈理,我避开这个国家少数精神上的流浪者和以实玛利①。我说过,艺术家是以实玛利;叫我以实玛利吧,梅尔维尔在《白鲸》开篇中说;他是一个野蛮人;——以实玛利意味着苦难。你看,当我在美国文学和诗歌的墓地中读到悲伤的墓志铭时,当我掂量这

---

① 以实玛利系《圣经》人物,意为"被抛弃的人"

大地上痛楚的头脑和心灵时，我总是联系到当下，而你不是。对你来说，书是一回事，写书的人是另一回事。文学和编年史中的时间概念很容易让人产生这种恶作剧的分裂。但是我有点儿啰嗦了：——

E. D.[①]

[①] 此段散文来自爱德华·达尔伯格（Edward Dahlberg, 1900—1977）写给威廉斯的一封信。

三

多么奇怪,你这个白痴!
因为玫瑰是红的,你以为
你就能掌控一切?
玫瑰是绿色的,将会开花,
超越你,绿色,铁青色
当你不再说话,或者
品尝,或者存在。我的整个生命
系于一个局部胜利的时间已经太久了。

但是,作为天气的生灵,我
不想走得更快
超过我必须要去赢得的东西。

    把它当作你自己的音乐吧。

他从地板上捡起一只发夹
插进耳朵里,在里面
探来探去——

佩特森_49

融化的雪
从他窗边的飞檐滴下
每分钟九十滴——

他发现
在他脚边的油毡里有一张女人的
脸,闻到了他的手,

不久前开始涂的润肤露的
浓烈气味,薰衣草,
转动他的拇指

围绕左手食指指尖
看着它一次次向下伸,
像一只猫的脑袋

舔着它的爪子,听见
它发出微弱的锉声:他的耳朵
充满泥土,没有声音

:而他的思想
飞向想象的欢愉的壮丽景象

他将在那里探索

仿佛进入一只眼睛的瞳孔
仿佛穿过火环,出现
裹着长袍

和光一起流淌。怎样英勇的
欲望的黎明
被他的思想拒绝?

它们是树木
从随着雨水流淌的树叶
他的心灵畅饮着欲望:

谁比我年轻?
可鄙的幼枝?
那是曾经的我?陈腐
存在于最近

被尘土放弃的心灵?
弱不禁风。
纤弱?不占地方,

狭窄得不能铭刻
一个它从未知晓的

世界的地图，
绿色
和鸽灰色的
心灵国度

仅仅一根树枝就有
二十片叶子
对抗着我的脑回路。
它将会变成什么，

我从来没有
不屑一顾吗？
我包住它
坚持，继续。

让它腐烂，在我的中心。
谁的中心？
我站立并超越
青春的瘦弱。

我的表面就是我自己。
在它下面
去见证，青春
被埋葬。根呢？

每个人都有根。

我们继续生活，我们允许自己
继续——但当然不是
为了大学，他们各自或作为团体

发表的东西：职员们
失控了，多半忘记了他们
最应该感谢谁。

唾弃固定的概念
就像烤野猪，噼噼啪啪，油滴在火中
嗞嗞作响。

别的东西，别的东西也是一样。

他更关心，更关心把废弃的蛋黄酱瓶子的标签揭下来，那玻璃瓶里是某个病人带来检验的标本，而不是关心检查和治疗二十多个在外间办公室排队的婴儿，他们的母亲苦恼不堪，絮絮叨叨。他站在凹角里，假装清洗，水槽底部的瓶子已经看不见了，当水位下降，他在水花中用指甲在彩色标签的边缘，尽力抠开粘得紧紧的纸。他认为，一定是涂过清漆了，才让它粘得那么紧。尽管如此，他还是剥掉了一个角，很快会把其他部分弄下来：他一边愉快地说着，一边极有技巧地对待焦急的家长。

你会让我有孩子吗？那个年轻的有色人种妇女问
声音细小，赤裸着站在床边。她被拒绝
萎缩进自我。她也拒绝。这让我
太紧张，她说，并拉起单子把自己裹上。

相反，是这样的：

在普遍贫困的时代
一个私人牧群，二十夸脱牛奶
分给主屋，还有八夸脱奶油，
所有的新鲜蔬菜，甜玉米，

一座泳池,(空的!)一座建筑

占地一英亩,整个冬天

持续供热(以保养管道)

四月的葡萄,兰花

像野草,未经修剪,飘雪之时

有热带的温度,留下

垂在茎上,甚至没有

在城市展览会上展出。

从上到下,对每个雇员

都是同样的份额——一样多

计有:每天的黄油

按磅计算,新鲜蔬菜——甚至给

看门的人。一个专门的法国女仆,

她唯一的职责就是打扮

博美宠物犬——它们则是睡觉。

科尼利厄斯·多雷穆斯,1714年在阿奎肯诺克受洗,1803年在蒙特维尔附近去世。他拥有的货物和动产估价419.585美元。他89岁去世时,无疑已经把农场转给了孩子们,所以仅保留了个人舒适生活之所需:24件衬衫,每件82.5美分,19.88美元;5条床单,7.00美元;4个枕套,2.12美元;4条裤子,2美元;一张床单，1.375 美元；一方手帕，1.75 美元；8 顶帽子，75 美分；两副鞋扣和刀，25 美分；14 双长袜，5.25 美元；两副"连指手套"，63 美分；一件亚麻夹克，50 美分；4 条马裤，2.63 美元；4 件马甲，3.5 美元；5 件外套，4.74 美元；1 件黄色大衣，5 美元；两顶有檐帽，25 美分；一双鞋子，12.5 美分；一只箱子，75 美分；一张大椅子，1.5 美元；一只箱子，12.5 美分；一副柴架，2 美元；一张床和寝具，18 美元；2 本袖珍书，37.5 美分；一只小衣箱，19.5 美分；海狸帽，87.5 美分；3 支牧笛，1.66 美元；1 支羽毛笔，50 美分。①

谁限制了知识？有人说

正是中产阶级的腐败

在高层和底层之间制造了一条

难以逾越的壕沟

那里的生活曾经繁荣……有关

信息通道的知识——

所以我们不知道（及时）

什么地方淤积了。即便不是

---

① 取自威廉·内尔森（William Nelson）的《新泽西州佩特森市与帕塞伊克县的历史》，386 页。

有知识的白痴,大学,
至少也不是承办商
应该设法
越过鸿沟。入口?特殊利益的
外在面具
让淤积永久延续并从中
渔利。

    他们阻塞了
理应清洁的排放通道并擅用
特权,作为私人报酬。
其他人也有错,因为
他们什么都不做。

  到29日傍晚,成亩的泥浆暴露出来,大部分水已被排出。鱼没有落网。但是从车里能看见黑压压的一群人,站在柳树下,看着男人们和男孩们站在抽干的湖底……就在大坝前几百码处。

  整个湖底都是人,大鳗鱼每条重达三四磅,会接近湖边,男孩子们就会击打它们。这次,每个人都很快便遂其所愿了。

  30日早上,男孩们和男人们还在那里。特别是鳗鱼，似乎源源不断。整个一年从湖里捞上来各种鱼；但是做梦也想不到湖里生活着这么多的鱼。奇怪的是没有见到一条蛇。鱼和鳗鱼似乎垄断了整座湖。洗澡的男孩们经常报告说湖底好像都是大蛇，触碰他们的脚和四肢，但那无疑是鳗鱼。

那些备有渔网的并不是获鱼最多的人。小流氓和男人们跳进泥浆和水中，在渔网派不上用场的地方，抢救出最多的鱼。

一个男人拿着装桃子的篮子去了仓库，把篮子递给一个男孩，五分钟就装满了鱼，灵巧地折断脊骨让它们待在里面，满满一篮子鳗鱼，只收了他25美分的低价。人群扩大了。有数百万条鱼。派来了一些四轮马车，运走大批堆在路两边的鱼。小男孩们尽力背着所有能带回家的鱼，绑在棍子上，装在口袋和篮子里。沿途有成堆的鲇鱼，成串的胭脂鱼和梭子鱼，棍子上还有三条黑鲈鱼，是一个丝织工抓住的。七点一刻，一辆马车装满了鱼和鳗鱼……已经运走了四辆车的鱼。

至少有五十个男人在湖里努力苦干，趁大鳗鱼在浅水处的泥浆上面滑行时，拿棍子打，把它们打晕，这样就能抓住，运出来；男人们和男孩们在泥浆里扑腾着……夜晚并没有结束这场好戏。整夜岸上都亮着灯，泥浆上照着灯笼，工作仍在继续。①

一动不动
他妒忌那些跑走的男人
他们可以朝着
边缘地带逃跑——
直接去往别的中心——
为了澄清（但愿
他们发现了它）
　　　　世界上的
可爱和权威——

一种春季时光
他们内心渴望着它
但是他看见，
它在他里面——被冰封住

纵身一跃，"尸体，直到
下一个春天才发现，冻结在
一个冰块里"

---

① 取自文章《为湖景而排干湖水》，见于《探勘者》，1936 年 8 月 28 日。

1875年8月16日，将近两点的时候，波斯特与桑德福德公司的伦纳德·桑德福德先生，在瀑布旁边的水务公司进行修缮工作，观察水利工程操舵室附近的裂谷。他发现一团像是布的东西，仔细察看激流起落，他可以清楚地看见一个男人的腿，身体被夹在两条原木之间，样子非常奇特。那具尸体就卡在这些原木的"裤裆里"。

一具人尸挂在悬崖上，这的确是奇异而恐怖的场面。这个发现的新闻当天就吸引了大批来访者。①

还有什么，能让它摆脱困境？

一半河水被染红了，另一半蒸发着紫色
从工厂的排水口，喷出灼热的，
打着旋涡，冒着气泡的水。死寂的河岸，
发光的泥浆。

他还能有什么别的想法——沿着
被糟蹋的公园的沙砾，公园被工人们
发疯的孩子们撕扯，他们拔草，

---

① 取自《探勘者》上的文章，1936年11月12日。

踢打，尖叫。一种化学，学术滥用的
一个必然结果，精确的
定理，精确地错失……

他想：他们的嘴在吃着吻着，
啐唾沫，吮吸，说话；一个
五种零部件的组合。

他想：两只眼睛；没有什么能逃过它们，
从以蕨类植物和蜜香为篱的
性感兰花的卷绕，直到
垂死者赞同的最后一根头发。

丝线从灼热的滚筒织出可怜的
纪念物的音乐，仿皮箱子里的一把梳子
和一把指甲锉——去
提醒他，提醒他！
一个有他自己照片的相册
他在两个孩子中间，全都回来了
哭泣着，哭泣着——再婚寡妇的
后屋，一条粗鄙的舌头
以辛劳的方式，驱赶着一个

醉酒的丈夫……

我在意这些苍蝇吗?去它们的。
我整天都不在房子里。

他们把死马扔进阴沟。
这预示着怎样的诞生?我想
他会写一部小说,再见吧再见。

P. 你的兴趣在于血腥的沃土
但我追求的是成品。①

I. 领导阶层进入帝国;帝国产生
傲慢;傲慢带来毁灭。

这就是他的强强联合的秘密,强强联合。
于是在其他人中,他开着
他的新车去郊外,经过
大黄农场——一个简单的想法——
那里,圣安妮的小姊妹们的修道院

---

① 在为《自传》做准备的日记本中,威廉斯有这样的记录:"庞德说我的兴趣在沃土里而他想要的是成品。"

假装出某种神秘

      这红砖
激起怎样讨厌的愤怒，
红得像穷人的血肉？不合时宜？
      神秘的
街道和后屋——
用袖子擦鼻子，来这里
做梦……

廉租公寓的窗子，边缘锋利，里面
看不到人脸——尽管没有窗帘，只有
鸟儿和昆虫向里面望，或者
凝视的月亮，关心着
它们敢于时时回望的东西。

这完全是俗气的街道的补充，
一种数学的镇静，控制，建筑的
边界，此伏彼起，
同样空洞和凝视的眼睛。

      一种难以置信的

笨拙的讲话,
愚蠢的强奸——匍匐着被逮住,
擦洗一条油腻的走廊;血液
仿佛在他们浸泡的大缸里,沸腾着——

石膏圣人,玻璃珠宝
还有那些灵巧的纸花,莫名其妙的
复杂——这里拥有
它们直率的美,在旁边:

东西,不可提及的东西,
盛满废淀粉的水槽,
成块的腐肉,牛奶瓶盖:在这里
有一种安静和可爱
在这里(在他的思想里)
有一种补偿,安静而纯真。

他换了身衣服:

"今年,1737年12月7日,夜里,发生了一场大地震,伴随着轰隆的巨响;人们从床上醒来,门被吹开,砖块从烟囱上落下;异常惊恐,好在没有造成重大损坏。"①

   思想向上攀援
有如蜗牛，在潮湿岩石上
躲避阳光和视线——
    被倾泻而下的激流围绕——
它的生和死
都在那湿润的室内，与外界
隔绝——不为世界所知，
包裹在神秘中——

    而神话
支撑着岩石，
支撑着充盈在那里的水——
在洞穴里，深深的裂缝里，
     一道闪烁的绿色
引起恐慌，观察着……

站着，在那里裹上尸布，在喧嚣中，

---

① 引自约翰·巴伯与亨利·豪的《新泽西州历史集》(1844)，50 页，涉及培雷火山的喷发。

大地，这喋喋不休者，所有言语的

父亲……

请注意。"显然，为了把诗的韵律更深地带入散文和公共话语的范围，希波纳克斯①用扬扬格或扬抑格，而不是用抑扬格来结束他的抑扬格诗，从而最为强烈地破坏了韵律结构。这些残缺变形的诗句曾经叫做跛脚抑扬格诗。它们给风格赋予了一种奇异的生硬。诗歌中的跛脚抑扬格，就是人类中的侏儒或跛子。这里，再次，通过接受这种蹒跚的音步，希腊人展现出他们敏锐的关于得体的审美意识，认识到乖戾的诗歌及其扭曲主题之间存在的和谐，以此处理人性的恶和反常——他们同样赞同讽刺诗文作者的缠结着的精神。畸形的诗适合畸形的道德。"——《希腊诗人研究》，约翰·阿丁顿·西蒙兹②，第一卷，第284页

---

① 希波纳克斯（Hipponax，前540—前487年），古希腊以弗所的抑扬格诗人，跛脚音步的创始人。
② 约翰·阿丁顿·西蒙兹（John Addington Symonds, 1840—1893），英国评论家、诗人和传记作家，以其意大利文艺复兴的文化史研究著称。

第二卷

(1948年)

公园[1]里的星期天

一

外面
   自我的外面
        有一个世界,
他低沉地抱怨着,屈从了我的入侵
——一个世界
    (对于我)在休息,
        我具体地
接近它——
    场景是公园
    建在岩石上,
    对于城市来说是女性

---

[1] 公园指的是佩特森的加莱特山公园。

——在她的身体上，佩特森教导他的思想
（具体地）
　　　　　　——暮春，
　　　一个星期天下午！

——沿着步道去悬崖（计数：
证据）
　　　　　他自己在他人中间，
——踩着相同的石头
他们攀爬时脚在石头上打滑，
由他们的狗引路！

大笑，彼此呼唤——
　　　　　　　　等等我！

……年轻姑娘丑陋的腿，
太强大的活塞不可能精美！
男人们红色的胳膊，习惯于炎热和寒冷，
抛掷切成四份的牛肉

　　　　　呀！呀！呀！呀！

——全然不顾及

    种种风险：

      倾泻而下！

为了一天的花朵！

经过艰难的攀爬，气喘吁吁地到达，

他回望（美丽却昂贵！）

珍珠灰的群塔！返回

又开始，带着占有欲，穿过树林，

      ——那种爱，

不是，不是在那些术语中

尽管如此，对于它们

我仍然抱以肯定；

地面干燥，——被动的占有

行走着——

灌木丛聚集在低矮的沙松周围，

几乎从光秃的岩石开始

——散落的一人高的雪松（尖利的松果），

鹿角漆树

——树根,大部分扭曲着
露在地面上
   (每一天
我们如此接近毁灭!)
  搜索干燥腐败的废物

行走着——

身体从基本的站立姿势
微微前倾,重心落在前脚掌上,
同时提起另一条大腿,那腿和相对的胳膊
向前摇晃(图 6B)。各种肌肉,予以辅助。

  尽管我说过我不会再给你写信了,我现在写信是因为,我发现,随着时间推移,我在你这里失败的后果,以一种尤其具有灾难性的方式,完全阻塞了我的创造力,这是我从不曾经历的。
  现在很多个星期过去了(每当我试图写诗),我的每个想法,甚至每种感觉,都是从我自己外壳上敲下来的,当我第一次感到你在忽视我最后给你的信的真正内容时,这外壳即已开始凝聚起来,最终凝成某种不可穿透的物质，当时你甚至没有一句解释，就让我停止和你通信。

那种阻塞，一个人的自我流放——你经历过吗？我敢你说你在某些时刻经历过；如果是这样，你就能够充分理解，当它变成一种永久的日常状态，这会导致多么严重的心理伤害。①

   我要如何爱你？这些！

(他听见了！声音。含糊不清！看见他们
移动，成组地，两人或四人一组——
从许多旁路慢慢走开。)

我问他，你做什么？

他耐心地微笑，典型的美国问题。
在欧洲他们会问，你在做什么？或者，
你现在在做什么？

---

① 此段取自马西娅·纳迪的一封信，自从 1942 年 4 月 9 日纳迪的第一封信开始，两人便一直通信，主题包括纳迪的写作和她找工作的事情。6 月，两人在纽约城会面，共进晚餐。纳迪的信写得越来越具有强制性，于是，威廉斯在 1943 年 2 月 17 日给她寄了一张条子，大意是表示他爱莫能助，并提出终止通信联系。

我做什么？我倾听，正在落下的水。(这里没有
水声，除了有风！)这就是我所有的
工作。

再没有比1880年5月2日更晴朗的日子了，那一天佩特森德国人歌唱协会在加莱特山聚集，就像很多年前5月的第一个星期天一样。

然而，1880年的聚会结果成了致命的一天，在庆典现场附近拥有一块土地的威廉·达尔泽尔，枪杀了约翰·约瑟夫·凡·豪登。达尔泽尔声称，来访者们前几年曾越过他的花园，他决定今年要阻止他们经过他的土地。

枪击后，这些安静的歌者一下子变成了激怒的暴徒，他们要抓住达尔泽尔。这群人随后放火焚烧谷仓，达尔泽尔为躲避愤怒人群而撤进了谷仓。

达尔泽尔从谷仓窗子对着逼近的人射击，一颗子弹射中一个小女孩的脸颊……佩特森警察迅速把他带出谷仓，躲到半弗隆[①]以外约翰·弗格森的房子。

[①] 弗隆（furlong），长度单位，1弗隆相当于220码、201米或1/8英里。

现在人群聚集了大约一万人,

    "一个大禽兽!"

很多从城里来的人加入了冲突。情况显得很严峻,因为警察人手太少。人们试图烧掉弗格森的房子,达尔泽尔便又转移到约翰·麦戈金的家里。在这里,约翰·麦克布莱德警长提议,最好还是派人去请圣约瑟夫天主教堂的威廉·麦克纳尔蒂教长。

教长很快确定了方案。他坐着出租马车来到现场。他抓住达尔泽尔的胳膊,当着激怒暴徒们的面,把他带上马车,让他坐在自己身边,命令车夫出发。人们犹豫了,迷惑于教长的勇气——[①]

到处是鸟儿筑巢的痕迹,
在空中,缓慢地,一只乌鸦曲折前进
拖着沉重的翅膀,一群更小的鸟儿
黄蜂刺一般围绕着它
从上空俯冲,啄向它的眼睛

行走着——

[①] 引自《探勘者》,1936年11月12日,第5期,一个有关麦克纳尔蒂教长的长文节选。

他离开小路,发现很难穿过
田野,残茬,丛生的荆棘
似乎是一个牧场——但不是牧场
——过去的犁沟,诉说着流汗的劳作或
曾经如此

        一束火焰,
消耗殆尽。

  锉刀般锋利的草叶。

这时!在他的脚前,一双紫红色的翅膀
跌跌绊绊,选择一个方向
      从那里开始飞起!
——无形的创造(它们
土灰色的羽毛)来自点燃
而至突然灼热的尘土!

     它们飞走,唧唧鸣叫!直到
力气用完,便再次投入
粗糙的遮蔽物中,消失
——但是留下,让人愉悦的

翅膀的闪烁和一首啁啾的歌。

还有一只红色玄武岩蚱蜢,靴子那么长,
从他思想的内核跌落,
在一场热带暴雨下
一条碎石的河岸崩溃了

查普特佩克①!蚱蜢山!

——一块无光泽的石头热心地指导
如何忍受关于生存的
流言,那流言先于生存,
先于它的呼吸

这些翅膀并非为了飞翔而打开——
没有必要!
重量(在手上)寻找着
配重或反浮力
凭借心中的翅膀

---

① 查普特佩克(Chapultepec),墨西哥城西南 5 公里处一石山,阿兹特克人曾在此筑有防御工事。

他吓了一跳！然后呢？

在他脚前，每走一步，飞行
都重新开始。翅膀突然展开时，
发出快速的搅拌声：

   爱情仪式的信使们！

——在飞翔中燃烧！
 ——只在飞翔中燃烧！
    没有肉体只有爱抚！

它们宣告的翅膀将他引领向前。

  如果那种情况（你忽略那些特别的信和你最后的便条）已经不可避免地让你流泪（比如，我和Z的经历就是如此），它的结果不可能（它已经如此）摧毁我的自我认可的正确性，因为如果那样，有关我个人身份感的任何东西都不会被致残——在这种情况下，一个人的挫败不在于自己，也不在于另一个人，而只关乎事物遗憾的进程。可是，在那种意义上，既然你对那些信的忽略并非"自然而然"（既然我在心理上被迫把它当作非自然的，这就让我感觉写给你的信足够琐碎和无关紧要，荒谬到你理应逃避的程度），随之而来的只能是，和那些信相关的生活全貌，对我自己来说，将会显得同样的不真实和无法接近，别人对我们呈现的内心生活往往就是如此。[1]

——他的心是红色的石头，雕刻成
无尽的飞行
爱情是一块无尽飞行的石头，
只要石头继续忍受
凿子的刻画

……迷失，蒙尘，
从暗中破坏的河岸落下
然后——开始鸣叫！
的确，石头超越了生命！

石头活着，肉体消亡
——我们对死一无所知。

---

[1] 前文马西娅·纳迪一封信的继续，关于威廉斯终止与之通信的事情。

——靴子一般长
窗形眼睛占满整个面部,
　　　　红色的石头！仿佛
一道光仍然在它们内部流连。

爱情
　　　　与睡眠搏斗
　　　睡眠

断断续续

　　1878年8月20日,刚过午夜,特警古德里奇在富兰克林的房子前面,听见一种奇怪的尖叫声,沿着艾利森大街传来。他跑去看是怎么回事,发现在街角克拉克五金店那里,一只猫在泻水台下陷入了绝境,正在与一只奇怪的黑色动物对峙,它没有猫那么大,又比老鼠大得多。警官奔到现场,那只动物在地窖窗子的格栅下,不断地闪电般伸出头来。古德里奇先生用他的警棍敲了它几下,但都没有打到。然后基耶斯警官来了,一看见它就说是一只水貂,确证了古德里奇刚才的判断。两人试图用警棍打它,好一会儿都不成功,最后古德里奇拔出手枪朝那动物开了一枪。显然没有打中,不过噪音和火药吓坏了这爱开玩笑的小东西,它跳出来跑到街上,以美妙的步态沿着艾利森大街逃走了,两名警官尾随其后。水貂最后消失在斯潘格马赫的陈贮啤酒吧旁那家杂货店的地窖窗子下,然后就没了踪影。早上再次检查了地窖,但没有发现这个造成如此趣事的小动物的任何痕迹。①

没有发明,万物不会有广阔的天地,
除非思想改变,除非
重新测量星星,根据
它们的相对位置,否则界限
将不会改变,必要性
将不会被注册录入:除非有
新的思想,否则不可能有新的
界限,旧的会继续
重复自己,以致命的
循环:没有发明
金缕梅灌木下就什么都没有,
桤木不会从古老沼泽地

---

① 引自《探勘者》,1936年10月29日,第4期。

废弃的渠道边缘的

小山丘长出,

老鼠们的小脚印

不会在悬垂的

丛生的禾草下

出现:没有发明,界限

不会再次呈现它古老的

划分,当词语,一个灵活的词语,

曾经活在其中,现在却碎成粉末。

他们躺在灌木下面,避开

令人不安的阳光——

十一点钟

    他们似乎在交谈

——一座公园,贡献给欢乐:贡献给蚱蜢!

三个有色人种女孩,刚刚成年!漫步经过

——她们肤色鲜明,

  她们的嗓音风一般飘忽

她们的笑声狂野,如鞭笞,脱离了

固定的场景

但是那个白种女孩,她的头
枕着一只胳膊,手指间夹着烟头
躺在灌木丛下

他半裸着,面对她,一把遮阳伞
在他眼睛上方,
他在和她交谈

——一辆老爷车半隐半现
在他们身后的树林中——
我买了一件新泳衣,只是

短裤和胸罩:
盖住乳房
和阴部——在

阳光下有毫不掩饰的粗俗。
思想被垃圾
打薄——在

工人阶级中
某种崩溃

已经出现。半睡半醒

他们躺在毯子上
面对面,
斑斓的树影

投在他们身上,没有烦恼,
至少在这里没有挑战。
不会丧失尊严……

说着话,公然超越所有
完美的家庭生活中的交谈——
并且洗完了澡

吃完了饭(几片
三明治)
他们可怜的思想汇合在

肉体中——周围环绕着
唧唧叫的爱情!快乐的翅膀
携带着他们(在睡眠中)

——他们的思想燃烧,

离开

      在草丛中

行走着——

穿过古老的沼泽——地上干涸的波浪
穿过依然由印第安人的桧木标记的界限

……在它们中间,他们(印第安人)
会沿着溪流进进出出,不被发现,

冒出来,在原木屋和田野里
干活的男人们之间叫喊,砍了他们
他们把武器留在木堡里,
——没有防御——把他们运走
囚禁起来。一个老人

  忘了它!看在上帝分上,砍掉
  那东西。

行走着——

他再次回到路上,看见,在一座无树的
小山丘上——红色小径堵塞它——
一堵石墙,一个环形堡垒
映衬在天空下,荒芜
空荡。攀上去。为什么不呢?

     一只花栗鼠,
尾巴竖起,在石头间蹦跳。

(于是思想生长,在燧石的尖顶上)

  但当他倾下身,大步行走,
看见一支燧石箭头
    (它不是)
      ——那里
在远处,北方,向他显现的
是一直存在的小山

    好吧,这就是它们。

   他停了片刻:

谁在这里？

    它被拴在一条石头长凳上，墙内，一个穿粗花呢套装的男人——嘴上叼着烟斗——正在给一只新洗过的柯利母牧羊犬梳毛。小心翼翼地梳开长毛——甚至梳理它的脸，尽管它的腿在轻轻颤抖——直到它躺下来，如他所望，像水波在白色沙滩上发出干净的狗的气息。厚石板的地面上，它耐心地站着等待他的抚摸，在那光秃秃的"海的房间"里

            从这个有利位置
向右，处在中间距离的
瞭望塔，从它阴部的小丛林
突显出来

    亲爱的B：请原谅我去你家时没有告诉你这件事。我没有勇气回答你的问题，所以我把它写下来。你的狗就要生小狗了，尽管我祈祷它没事儿。不是因为它被独自留下，因为它从来没有被独自留下，而是因为我常常在晚餐晾衣服的时候把它放出去。当时是星期四，我婆婆在绳子一端晾了一

些床单和桌布。我料想不会有狗来,只要我在,没有一只狗会闯过院子或靠近房子。它一定是从你的树篱和房子中间过来的。每隔一小会儿,我都会跑到晾衣绳那端,或是看看床单下面,看慕斯提是否安好。它一切都好,我只晚看了它一分钟。我拿着棍子和石头追那条公狗,但是它不愿意避开。乔治痛骂了我一顿,我开始祈祷,那条狗已经被我吓坏了,什么都没有发生。我知道你会像个混蛋一样咒骂我,可能不会再和我讲话了,因为我没有提前告诉你。不要以为我不担心慕斯提。自从那件可怕的事后,我每天都挂念着它。你现在不会对我有什么好的想法,你不想保护我。相反,我敢打赌你会杀了……①

还有人来野餐,现在
下午的早些时候,人们分散在
围起来的几英亩的树林里

声音!

---

① 此段来自弗罗伦斯·普莱瑞(Florence Plarey)1935 年或 1936 年写给医院护士贝蒂·斯特德曼(Betty Stedman)的信,普莱瑞替后者照看母狗慕斯提,后来狗顺利产出 5 只小狗。

混乱而模糊的　　　　声音
对着太阳，对着云彩
大声喧哗。声音！
从四面八方快乐地攻向天空。

——其中，耳朵急于要捕捉
一个在其他声音中运动的声音
——一个芦苇般的声音
　　　　　　带着特别的口音

于是她发现了那里的宁静，斜倚着，
在他靠近前，被他们攀爬的
脚步所抚摸——为了愉悦

　　一切都是为了
愉悦　他们的脚　漫无目的地
　　游荡

"巨兽"出来晒太阳
　　　　　　就像他一样
　　他们的梦混合着，
疏离

_90

让我们理智起来!

　　　　　　　公园的星期天,
向东,被悬崖限制;向西
紧靠古老的道路:以景色
来消遣!双筒望远镜拴在
沿东墙固定的支柱上——
　　墙外,一只老鹰
　　　　　　　翱翔!

——一支小号断断续续地吹响。

站在堡垒上(如果你耳朵有缺陷,
就用节拍器,如果你喜欢,
就用匈牙利造的)
远望东北,那里教堂的尖顶
仍在消耗它们的智慧
对抗着天空,直到山谷里的
棒球场,有细小的人影在跑动
——越过空地,河流在那里
注入狭窄的山谷,消失在视野之外

——想象力在翱翔，当一个声音

召唤，一个震耳欲聋的声音，无尽

——有如睡眠：那声音

无可逃避地召唤他们——

      那无动于衷的咆哮！

教堂和工厂

    （以一定代价）

一起，把他们从矿坑里召集起来

——他的声音，众声之一（无人听见）

在一切之下运动。

     山峦震颤。

计时！计数！割断和标注时间！

于是，刚到下午，他从一个地方

移动到另一个地方，

他的声音与其他声音混合

——他声音中的声音

打开他古老的咽喉，吹出他的双唇，

点燃他的心（点燃的

将不只是他的心)

   ——跟随徒步旅行者。

最后他来到懒汉最喜欢的
地方,风景如画的顶峰,在那里
蓝石(暴露出铁锈红)
在各种层级上被错误地
   (石头间长满蕨类植物)
置入粗糙的台阶,部分封闭在
香草的兽穴里,地面微微倾斜。

成群的游荡者四散在
光秃的石台上——被他们的鞋钉划伤
多于被冰川划伤
——冷漠地穿过
彼此的隐私

   ——无论如何,
运动的中心,欢乐的内核。

这里有一个年轻男子,大约十六岁,

背对岩石坐在蕨类植物中
弹着吉他，面无表情。

其他人在吃吃喝喝。

      一个大块头
戴着黑帽子，撑得无法动弹
        但是玛丽
站了起来！
   来吧！咋回事？你的腿
骨折了吗？

   是这空气！
   是南方正午的空气
和古老的文化让他们陶醉：
此刻！

   ——抬起一只胳膊举着她
思想的铙钹，翘起她的老脑袋
舞蹈！提着她的长裙：

     啦啦啦啦！

怎样的一群流浪汉!害怕有人看见
你?

    废话!
      臭大粪!
        ——她吐口水!
看看我,老婆婆!大家都太他妈的
懒惰了。

这是古老的,非常古老的,古老中的古老,
这是不朽的:甚至细小的姿态,
手握着杯子,酒
洒出来,胳膊弄脏了:

        犹记得

  那个在不复存在的
  爱森斯坦电影的劳工

  从一只革制酒袋喝酒
  像饮水的马那样放纵

让酒沿着下巴流淌
他的脖子,滴滴沥沥

流到他的衬衣前襟,流到
他的裤子上——大笑着,没有牙?

   圣人!

——抬起腿,逼真
甚至接近于腿的大致轮廓,
笨拙的触摸!邪淫的目光,它的洞穴,
它的雌性面对雄性,森林之神萨堤尔——
(男性生殖之神普里阿普斯!)
带着那个孤单的暗示,牧羊人
和山羊,生育能力,攻击,醉酒,
被净化

  被摒弃。甚至电影
也遭到压制:但是,坚持不屑

野餐者在岩石上欢笑,庆祝

他们爱情多变的星期天
连同它衰落的光——

行走着——

(从一个岩架上)俯视这个
草窝
(有点被人来人往踩平了)
　　　　　山脊上
一轮明月!那里,她躺在他身边出着汗:

　　　　她不安,心烦意乱,
倚着他——受伤(醉酒),移动
倚着他(一个笨蛋)渴望着,
倚着他,他感到厌倦
明目张胆地厌倦和睡觉,
一个啤酒瓶仍然像长矛一样
握在他手里。

这时,不睡觉的小男孩们,
爬上了悬在这一对儿上方的
柱状岩石(他们公然

躺在那里的草上,无忧无虑——

被围困在众人脚下
他们狭小的巢里),从历史中
　　　　　　　　向下凝视!
迷惑地看着他们,在无性的
(童年的)光中同样厌倦,
快速离开

　　　　　　在那里
那运动公开抽动
你能听见布道者的呼喊!

　　　　——移向近前
她——瘦如山羊——瘦削的肚子
靠在男人的背上
玩弄着他吊带上的
夹子

——再加上他无用的声音:
直到在他的睡眠里
一支音乐移动,完整而明确(在

他的睡眠里,在他的睡眠里冒汗——努力
对抗睡眠,喘息!)
　　　　　　——却并没有醒来。

看着,活着(睡着)
——瀑布的咆哮进入

他的睡眠(有待完成)
　　　　　　　重生
在他的睡眠中——分别散落在
山上

　　——他以此向她求爱,分别地。

健忘的人群(散落者),
被到处呼叫——急于
抓住一个声音的运动。

　　　　听见,
　愉悦!愉悦!

　　　　——感觉,

有些沮丧,复杂的下午
释放出——
　　　它自己的声音
　　　　　　（如释重负）

一名警察在指挥交通
穿过主道驶上
有少量树木的
通向公共厕所的斜坡:

　　　　　橡树,野樱,
山茱萸,白色和绿色的,铁木:
隆起的根系铺展到浅土里
——大多消失了:露出地面的岩石
被野餐者的脚步磨光:
甜皮黄樟

从腐臭的油污中斜伸出来:
　　　　　　　变形——

——有待辨认（一支牛角,一支小号!）
一种多重性的阐释,

一种侵蚀,一种寄生凝乳,一支呼唤信仰的中世纪号角,要成为好狗:

这个公园不允许狗自由走动

二

阻塞。

  （用来写一首歌：具体地）

由谁来写？

  在它中间升起一座宏大的教堂……于是我忽然想起——那些可怜的灵魂在这个世界一无所有，只有教堂，介于他们赖以为生的永恒、无情、不知感恩和没有希望的泥土之间……

  现金是对他们的惩罚，是其他人的生活
保障，
    而知识遭到限制。

  一支管弦乐的单调覆盖着他们的世界

我看见他们——参议院，正试图阻止利林塔尔[①]，把

[①] 利林塔尔（David Eli Lilienthal，1899—1981），美国商人和政府官员，原子能委员会第一任主席。

"炸弹"交给几个工业家。我不认为他们会成功,但是……那就是我的意思,当有人呼喊"共产主义者",我没有随之而兴奋!他们惯于蒙蔽我们。恐怖的是想到我们多么容易被摧毁,几张选票而已。尽管共产主义是一种威胁,可是共产主义者比那种暗中损害我们的有罪的恶棍更糟糕吗?

我们骤然苏醒,我们看见的东西
把我们击倒

让恐怖扭曲世界!

费图,厌倦了他的消遣,但为女人骄傲,
他的回报,是背对狮子窝
站立,
     (在那里醉酒的
恋人,现在,两个都睡着了)
         冷漠,
再次开始漫游——一步一步向外
进入虚空

在上面。

　　　　警察指着。
　　　　　　　一个招牌
钉在树上：女人们。

　　　　　　　　你可以看见人影
越过树木的屏障，近在
手边，音乐突然迸发出来。

行走着——
　　　　　　　　　　一座
在小便池附近的观光塔底部
狭窄的竞技场已经清理完毕。这是
上帝的旨意：几条残破的长凳
摆成弧形的一排，靠着灌木丛
面对平坦的场地，长凳上
一些孩子被别人挤靠着
以免他们跑掉

三个中年男人带着不妥协的微笑
站在长凳后面——支持（看管着）
孩子们，孩子们和几个女人——并且
握着，

短号、单簧管和长号,
分别握在他们手里,正在休息。
　　　　　还有,
一个女人弹奏着,一架便携式风琴……

　　他们前面是一个老人,
留着白色的长刘海,光着头,
光滑的脑袋反射着阳光
穿着衬衫袖,正要开始
讲话——

　　呼唤鸟儿和树木!

他狂喜地跳上跳下,把光照进
空虚的蓝色,向东,越过低矮的护墙
射向城市……

　　有些人——特别是女人——只能对着一个人说话。我就是那些女人中的一个。我不是很容易信任别人(也许在你看来正好相反)。我也许无法和这几个月偶然遇见的任何人说起我生命的某些特殊阶段,我把它们当作给你写信的主题。关于我所有经济和社会方面的失调，我必须任由自己被完全误解和误判，而不是试图和任何其他人交流我写给你的内容。所以我把这些信任堆在你身上（无论你可能感觉多么厌倦，无论我要多么努力才能达到彻底的自我诚实，这对任何人都是相当困难的），这本身已经足以导致我在你那里的失败对我产生灾难性的影响。[①]

看，城市就在那里！

　　　　——呼唤，背对着
微不足道的会众，呼唤风；
一个声音在呼唤，呼唤

在他身后，憔悴的孩子们，和他
这套神圣的宣言非常不和谐，
他们一眼不眨，被迫坐在潮湿的
长凳上，一定会感觉他们的屁股
疼痛。

但他休息时，他们开始唱歌——当

[①] 前文马西娅·纳迪 1943 年 4 月的一封信的另一个段落。

他们受到催促——当他擦着棱镜般的额头。
　　　　　　　　　　　　　　　　光线
抚弄着它,仿佛要形成一个光环——

然后他笑了:

　　　一个人先看到他。很少有人听。
或者,事实上,根本无人
在意,四处走动,除了某个波洛克
张着嘴试图弄明白它,
仿佛有某个恶魔(直视一对经过的
年轻人的脸,他们都在笑,
为了某种暗示),这是什么
牧师?惊恐地,愁眉不展地走开,回头
看着。

　　这是一个新教徒!抗议着——仿佛
世界是他自己的。

　　　　　　　　——另一个,
在二十英尺外,专注地遛他的狗
沿着墙顶——细心留意着狗——

在五十英尺的悬崖边缘

……轮番地慷慨陈词,随后是
一阵小号声盖过,
别的声音,它们现在停下来
当一个出神的人影再次出现——

但是他的诱饵没有引来鸭子——除了
孩子们蒙尘的小心灵
和幸福至极的不合逻辑的推论

   云层似乎没有带来
悬浮在近前的人影

  侦探们在厨房桌子上发现一封短信,从北卡罗来纳州布拉格堡写给一个士兵。侦探说,信的内容表明她爱上了这名士兵。[1]

这就是传道士说的话:不要考虑我。

---

[1] 取自1943年10月19日,佩特森的大卫·莱尔(David Lyle)写给威廉斯的信。

把我叫做愚蠢的老人,那就对了。
是的,把我叫做讨厌的老人,说话说到
嗓子沙哑,没有人愿意听。那是
事实。我是个老傻瓜,我自己知道。

     但是!
你不能忽视我们的主耶稣的话
他死在十字架上,为了我们
能有永恒的生命!阿门。

     阿门!阿门!

站在长椅后面的门徒们
大声说。阿门!

   ——我们主的圣灵说出
这些话,甚至我这样平凡无知的家伙
在你们中间,都会接触到
他赐福的尊严和力量

我告诉你们——抬起他的胳膊——今天
我给你们带来所有时代的财富。

没有风,阳光灼热

他站在那里,光着头。

   巨大的财富将属于你们!
我不是在这里出生。我出生在我们叫做
"古国"的地方。但是人都是同样的
人,那里有和这里同样的人
而且他们谋划的也是同样的
骗局——只是,那里没有这里
钱多——差别就此产生。

我家很穷。很小的时候
我就开始工作了。
   ——哦,我花了很长时间!但是
有一天,我对自己说,克劳斯,那是我的名字,
克劳斯,我对自己说,你成功了。
  你一直努力工作,但你也非常
幸运。
        你是
富有的——现在我们要开心地生活。

汉密尔顿比任何人都看得更清楚，新政府要想存活下去，其当务之急在于建立超越各州的权威。他从不信任人民，他把他们视为"一头巨兽"，认为杰弗逊如果不是更坏的话，也只比别人好上一点点。

所以我来了美国！

尤其在金融方面，一个关键时期出现了。各州倾向于不理会最近战争招致的债务——每个州都选择各自承担自己私有的债务。汉密尔顿明白，如果允许这样做，对于未来的信誉，结果将是致命的。他站出来，充满活力，敢于"设想"，让联邦政府发行国债，授予它征税权，否则就不能筹集必要的资金以实现这个目标。在随后引发的风暴中，他发现自己遭到了麦迪逊和杰弗逊的反对。

但当我到了这里，我很快发现
在这巨大的池塘里我只是一只小青蛙。所以
我又重新开始工作。我想
我生来就擅长这类事情。
我发展壮大，赢得荣耀。那时我认为
我是幸福的。我的确是——幸福的

就金钱所能带给我的幸福而言。

但是这让我变好了吗?

他停下,开心地笑起来,
他倦怠的助手们跟着他,
勉强地——露齿而笑,然后
倚着岩石苦笑。

不!他大声叫道,弯腰
至膝,然后以强调的力度
猛地挺直身躯——仿佛
贝多芬让一支管弦乐队发出
一个渐强音——不!

它没有让我变好。(他紧握着拳头
抬起,高过额头。)我继续赚钱,
越来越多的钱,但是这并没有让我
变好。

金色的美国!
有骗局和金钱

该死的

　　就像奥尔特盖尔德①一样恶心

　　　　一样发霉

　　我们爱你，痛苦的

　　　　土地

　　就像奥尔特盖尔德

　　　　在角落

　　看见哀悼者们

　　　　经过

　　我们低下头

　　　　在你面前

　　把帽子

　　　　拿在手里。

　　　　　　　　然后

有一天，我听见一个声音……一个声音——

就像我今天在这里对你们说话一样……

---

① 奥尔特盖尔德（John Peter Altgeld，1847—1902），伊利诺伊州州长（1893—1897），因1893年6月26日赦免了参与"干草市场暴乱"的德裔美国无政府主义者而闻名，在1886年5月4日的这场劳工抗议集会上有7名芝加哥警察在干草市场广场上被杀。

……
     那个声音说，
克劳斯，你怎么回事？你不
幸福。我幸福！我大声回答，
我得到了我想要的一切。不，它说。
克劳斯，那是谎言。你不幸福。
我得承认那是事实。我真的
不幸福。这让我很烦恼。但是我
很顽固，我认真考虑了一番，我对
自己说，克劳斯，你一定是老了
才让这样的事情来烦你。

     ……然后，有一天
我们神圣的主来到我面前，把手
放在我肩上说，克劳斯，你这老傻瓜，
你一直工作得太努力了。你看起来
疲惫而烦恼。让我来帮你。

我是烦恼，我回答，但是我不知道
怎么办。我拥有金钱能够买到的
一切但是我不幸福，这是事实。

接着主对我说，克劳斯，摆脱你的钱。
不这样做你就永远不会幸福。

　　作为一个极其纠结的设想的必然结果，这个年轻共和国的很多领导者都认识到，除非工业立足脚跟，除非加工的产品可以产出利润，不然税收就是一个神话。

　　新世界一直被看作一个稀有金属、毛皮和原材料的生产者，它们被交给母国加工成商品，殖民地居民没有选择，只能花高价购买。他们被禁止生产用以出售的毛织品、棉花或亚麻布。也不允许他们建造锅炉，把本土的铁炼成钢。

　　甚至在革命期间，汉密尔顿对帕塞伊克大瀑布也一直印象深刻。他运用丰富的想象力构想了一个大型的加工中心，一个伟大的联邦城市，来提供国家之所需。这就是以水动力驱动水车，以通航的河道将加工好的商品运往销售中心：一个国家的制造业。[1]

　　　放弃我的钱财！

---

[1] 引自"联邦作家计划"，1936 年 12 月出版的《新泽西故事》，该计划是大萧条时期联邦政府为资助作家创作而施行的计划。

    ——带着单调的固执
他的慷慨陈词的瀑布悬挂在耳朵上,
毫无特色,但是带有某种新奇
仿佛被拘留在空间里

    让我去做
那将是件难事。我富有的朋友们会怎么说?
他们会说,那个老傻瓜克劳斯·艾伦斯
一定是疯了,抛掉了所有金钱。
什么!放弃我奋斗一生积累的
东西——这么说我曾经很富有?
不!我不能那么做。但是我心中
烦恼。

    他停下来擦擦额头,这时
歌唱者开始唱起一支活泼的赞美诗。

    我吃不下,睡不着
想着我的烦恼,于是
当主第三次到来,我已经
准备好了,我跪在他面前

说，主啊，你想怎么对我都行！

捐出你的钱，他说，我会
让你成为这世上最富有的人！
我垂下头对他说，好的，主。
他神圣的真理降临我身，
让我充满欢乐，如此欢乐，如此富有
我一生从来没有感受过，直到那一天
我对主说，我的主！
　　　　　以圣父圣子
圣灵的名义。
　　　　　　　　　　　　阿门。

阿门！阿门！虔诚的助手们应和道。

这是此地唯一的美吗？
这种美——
被潜藏的分裂教会者
撕成碎片了吗？

在这些树木中间
美在哪里？

是那些狗吗?主人们
把它们带到这里晾干皮毛。

这些女人不是
美,不反射美
只是粗俗
除非粗俗是美

在任何地方,
在欲望里如此昭彰
神圣的美
如果这就是它,

是此地
唯一可见的美
不同于风景
和一株新发芽的树。

于是我开始放弃我的钱。我可以告诉你们,
这用不了很长时间!我用双手把它们
扔掉。然后我开始感觉好些了……

——靠在矮护墙上,思考

从这里,可以看见他——那个
被绑着的人,那个冷血的
谋杀者。四月!在远处
被绞死。成群的人
沿着悬崖的各种有利位置,
从破晓开始聚集
见来证这个时刻。

    有人
为了钱杀人但并不总是能得到。

靠着矮护墙思考,而传教士,
以寡敌众,对着耐心的
树上的叶子说:

温柔的基督
伯里克利
和雌性花蕊的孩子

在雅典

和文昌鱼之间
分裂

温柔的基督——
野草和财产
留恋而直率

哭泣
被回忆就像
打开的坟墓

——用双手把它扔掉　直到
它消失

　　　——他用双手做出张大的动作
仿佛把钱撒向风中——

——但是赐予我的财富
不计其数。你可以随意
向四周抛撒——你还会
有更多。因为万能的上帝
有无穷的资源,永不枯竭。我们神圣的主

拥有无尽的财富
为了救我们死在十字架上。
阿门。

  联邦储备系统是一家私人企业……一种私营垄断……没有骨气的国会赋予它（权力）……发放和控制我们所有的钱。

  他们凭空创造出钱，借给私人业务（同样的钱一遍遍以高利息出借），在战时和平时，每当政府需要钱的时候，也借给政府；为此，我们人民，代表政府（在这种情况下无论如何）必须以高额税的形式向银行支付利息。[1]

这只鸟，这老鹰，把自己
缩小——爬进带铰链的蛋
直到在那里消失，只有
一条腿上面的一只爪子
可怜地张开又合上

---

[1] 节选自1947年1月由阿尔弗雷多（Alfredo）和克拉拉·斯塔德（Clara Studer）印发的一份面向"亲爱的公民们"的油印单张。克拉拉·斯塔德1946年4月18日写信给威廉斯说，她写信给庞德，收到了庞德的"几张小条了"，请求她写信告诉威廉斯，庞德在意大利的广播中究竟说了些什么，她问威廉斯是否有兴趣接收一些有关社会信贷理论的材料。

握紧空气——竭力
挣扎,不想留在
里面。

亲眼目睹了瀑布的汉密尔顿对当时那无法抵挡的力量有了深刻印象……他计划沿一条规划好的林荫大道修建一条石头渡槽,成一条直线,通到纽瓦克,沿河每一两英里建一个出口供所有工厂使用:这就是他们称作SUM的有用制造业协会。

当天的报纸热情报道了这个"国家制造业"的美好前景,他们天真地相信会生产出美国需要的所有棉花、薄毛呢、墙纸、书籍、毛皮、草帽、鞋子、马车、陶器、砖、锅、盘子和钮扣。但是,"孩子"的计划华而不实,康涅狄格州财务主管彼得·柯尔特,被选为负责人。[1]

……该协会的主要目的是棉花制品的生产。

  华盛顿在第一次就职典礼上
      穿着
 一件佩特森出产的乌鸦黑的

---

[1] 引自《新泽西的故事》。

土布外套……

换句话说,联邦储备银行建立了一个合法的国家高利贷系统,它的头号客户就是我们的政府,世界上最富有的国家。我们每个人辛苦工作挣来的每一美元都是给货币骗子的贡品。[1]

……在我们所有巨大的债券发行中,利息总是比原则上高。因此,所有大型公共工程的费用总是实际成本的两倍。在现行商业制度下,我们简直给规定的开销增加了 120% 到 150%。

无论如何,人们必须要支付;为什么他们要被迫支付两次?整个国债是由利息费组成的。如果人们同时考虑到债券和账单,游戏就结束了。

    如果有狡猾存在,
你就是狡猾。我恳求你的宽容:
祈祷不会给你惹麻烦
除了眼泪。我有一个朋友……
让它过去。我记得小时候

---

[1] 取自斯堪德油印单张的第四段。卜曲的两段散文取自与该油印单张一起散发的大约 2000 字的小册子《汤姆·爱迪生论金钱》。

我停止祈祷,恐惧地颤抖
直到入睡——你的睡眠让我镇静——

我相信,你也读过
弗雷泽的《金枝》。这对你
公道——可以由一个恋人
作出这样的祈祷
评价他的新娘清秀容貌的
每个特征,以及恐惧——
对他这样的已婚男人来说,
他对他的新娘感到的恐惧——

你是永恒的新娘和
父亲——一份补偿,
一个简单的奇迹,知道
对于分叉的大海来说
橡树是珊瑚,珊瑚橡树。
你容貌的喜马拉雅山和大草原
奇异而令人欢欣——

我为什么要离开这个
我出生的地方?知道

在你多样性的灾难中
我对你的追寻
多么徒劳。世界像一朵绽放的花
为我展开——也会
像一朵玫瑰为我闭合——

凋零，落到地上
腐烂，被再次吸收
进入另一朵花。但是你
永不凋零——而是一直
在我身边绽放。因此
我总是忘却自己——
在你的组合与分解中
我将发现我的……
       绝望！
…………

  对于那个便条，以及你冷漠地逃避我在那个便条之前的信，无论你有什么样的理由——我最希望的仍然是能够见到你。它关系到的东西甚至比我在这里所说的更多。更重要的是，这是我突破那层薄膜、那个外壳的一个推动力，它如此致命地聚集在那里，隔在真实的自我和只能机械动作的这个生物之间。但即使你认可，我也不想见你，除非你这边带着一点善意的温暖和友谊……在任何情况下，我都不想去你办公室见你。那不是我的意图（因为我现在没有见你的特别理由，不像我第一次完全作为陌生人拜访你时那样，我也不可能有理由，就在你最后的便条之前，我还多么渴望你能和我一起检查一下我那些错误百出的诗），我一直觉得（这种感觉日益强烈）我将永远不再能够重获我的个人同一性（没有它我当然无法写作——但是它本身远比写作重要），除非我能够重新相信我自己的思想、理念和问题的真实性，它们已经由你对那些信件的态度和你后来的便条变成了干沙。因而，我无法摆脱想见你的欲望——并非与个人无关，而是以完全个人化的方式，既然我从不能以全然非个人的方式给你写信。①

---

① 取自第二卷中其他地方引用过的马西娅·纳迪的同一封信。"你的那个条子"指威廉斯 1943 年 2 月 17 日宣布单方终止通信的条子。

三

寻找空
它打败一切

所有
方程式的 N

那岩石,那空
把它们举起

它们离开——
那岩石是

它们的跌落。寻找
那个空

它经过一切
看见

一切的死亡

它经过

所有存在

但是春天会来,花会开放
人类一定会喋喋不休他的厄运……

下降的召唤
    就像上升的召唤
        记忆是一种
完成
   一种复活
      甚至是
一种开启,既然它打开的空间是全新的
地方
   被群落占据
      迄今未被认识的
新种类的群落——
    既然它们的移动
       是朝向新的目标
(尽管先前被遗弃)

失败并非全由失败组成——既然
它打开的世界总是一个
　　　　　　　以前
　　　　始料不及的地方。一个
失去的世界，
　　　　一个始料不及的世界
　　　　　　　　　召唤新的地方
没有任何（丧失的）白色像白色的记忆
那样白

随着夜色降临，爱苏醒
　　　　　　　尽管它的影子
　　　　　　　　　因为阳光的照耀
而生动——
　　　　现在变得瞌睡，逐渐
　　　　　　　　　远离欲望。

没有影子的爱现在骚动起来
　　　　　　开始苏醒
　　　　　　　　　随着夜晚
临近。

下降
   由绝望组成
      尚未完成
意识到一种新的觉醒：
       一种对绝望的
逆转。

  为我们不能完成的东西，被
爱拒绝的东西，
    我们在期待中丧失的东西——
       紧随着一种，
无尽又牢不可破的下降。

听！——

倾泻的水！
    群狗和树木
共谋发明
一个世界——消失了！

汪汪！一辆
离开的车在加速时

卷起砂砾!

筋疲力尽!可怜的小牧师
已经尽力了,他们叫喊,
可虽然他不惜一切
也没有诗人到来

汪汪!汪汪!

狗吠声不拘一格,树木
把手指伸向它们的鼻子。没有
诗人到来,没有诗人到来。

——公园里很快就没人了
除了有罪的情侣和流浪狗

      没拴绳子!

独自,望着树林上方
五月的月亮。

九点钟闭园。你们

必须从湖里出来，穿上衣服
上车，开走：他们换上
放在后座的便服
从树林里出来

"巨兽"全都离开了
在突降的夜晚，蟋蟀的
黑色翅膀和雨蛙苏醒之前

　　消失是吉姆在马克思、凡勃伦、亚当·斯密和达尔文那里发现的东西——一口大钟沉着庄严的声音，敲响一个新时代的黎明①。与之相反，是一扇铰链松动的门缓慢的抱怨声。

　　　　　　费图，有时清醒，
有时警觉，最终拒绝了他
漫步走开。

---

① 来自玛丽·麦卡锡（Mary McCarthy）的《她经营的公司》（1942），第239页。麦卡锡的文章接下来写道："吉姆重读了这些大师，试图用耳朵复制那曲调，但是他做不到。他害怕起来，返回公共图书馆；也许，就像某人提示过的那样，对这些材料的研究还不够。"这里的凡勃伦指Thorstein B. Veblen（1857—1929），伟大的美国经济学巨匠、制度经济学鼻祖，代表作《有闲阶级论》。

诗,
最完美的岩石和寺庙,最高的
瀑布,在薄纱般喷洒的水雾中,
将如此势均力敌,诗人
在耻辱中,应该借助学识(去
解放思想):抱怨词汇表
(借用那些他所憎恨的东西,表现他自己的被剥夺的
公民权)

——忽视他的失败
试图引诱他的骨头出现在现场,
他干燥的骨头,在现场上方,(它们不会)
在它内部照亮它,从它本身
形成色彩,以某条后街的语言,
这样历史就可以逃避开
那些皮条客

……实现不可避免的
贫乏,无形之物,翻来覆去,滋生着
  低劣的城市

爱情不是安慰剂，更像是头骨上的
一枚钉子

   在它自己肮脏的镜子里
反转，因为与知识分离而低劣，
它的垃圾堆在路边石上，它的立法者们
在垃圾下面，未经指导，也没有能力
自我指导

  一种阻碍，一种撕裂：

——花朵连根拔起，黄色和红色的耧斗菜，
散落于小径；山茱萸盛开，
树木被肢解；它的女人们
浅薄，它的男人们坚定地拒绝——
在最好的情况下

  语言，没有风格的
词语！它的学者们（根本不存在）
   或悬荡着，在他们周围
水在编织它的绳索，把他们包裹在
一种黏稠的、留存于

它的流动之下的漆树液

    被捕获（在心里）
他在水边俯视，倾听！
但在混乱的喧嚣中，依然没有发现
任何音节：正在错过意义（尽管他在努力）
无知但是倾听着，因为紧张的倾听
而颤抖

只有想到溪流才让他感到安慰，
它恐怖的骤降，诱人的婚姻——还有
一个毛皮的花环

而她——
石头什么都不发明，只有人类发明。
有什么回答了瀑布？以
凸牙的石头填满盆地？

而他——
很明显，是未经解释的新东西
重塑了旧东西，倾泻而下

而她——
它在我们当代还没有发生！

     那个
可怜的小牧师，摇晃着胳膊，
淹没在椴树冷漠的
芳香中

  我现在对你的感觉就是烦恼和愤懑；它们能让我直言不讳地告诉你很多事情，不需要平时那样舌头打结地绕圈子。

  你也可以把你自己的文学和所有其他人的文学都扔进卫生部的大垃圾车，只要最为精华的头脑和"更敏锐"的感受力能够运用那些思想和感受力，不是让他们自己变得比普通人更有仁爱，而只是作为手段来闪避更好地理解同类的责任，理论上除外——这根本不是什么了不起的事儿。①

  福音传道者离开了！（他们的风琴
装在轻型卡车后面）疾速

---

① 马西娅·纳迪 1943 年 5 月（？）一封信的开头。

开下山坡,孩子们
至少从中得到了乐趣!

他的怒火在攀升。他冷入了骨髓。
一个侏儒出现,丑陋,变形——
他看见扭动的树根
在他心灵的叶簇下面
被假日的人群践踏
如同被辛劳牧师的脚所践踏。
从他的眼睛里,麻雀飞起并歌唱。
他的耳朵是伞菌,手指开始长出
叶芽(他的声音被淹没在瀑布中)

诗人!诗人!唱出你的歌,快!不然
不是昆虫而是泥浆般的杂草将会覆盖
你的同类。
     他几乎坠落……

而她——

  嫁给我们!嫁给我们!
    不然!就会被拖下来,被拖到

下面，失踪

她和空洞的词语结婚了：
     最好

      在边缘

       失足

       落下

       落下

       然后

    ——脱离
地点的强迫——
     脱离知识，
脱离学识——陌生的
术语，传达不了即时性，倾泻而下。

      ——脱离
时间（没有更多发明），光秃，像一枚
卵

  跳跃（或跌落），没有一种
语言，结结巴巴

磨损殆尽的语言

侏儒住在那里,靠近瀑布——
获救于他的保护色。

回家。写作。调停。

哈!

诗人,与你的世界和解,这是
唯一的真理!

哈!

——语言已经磨损殆尽。

而她——
  你抛弃了我!

  ——在溪流神奇的声音中
  她一头倒在床上——
  一副可怜的姿势!迷失在词语中:

发明（如果你能够）发现，不然
一切都不会清晰——一切都将超越
你脑海中的击鼓声。不会有
任何清晰的东西，清晰的东西

他逃逸，被喧嚣声追逐。

七十五位世界顶尖学者、诗人和哲学家上周在普林斯顿聚集①……

   费图的脚跟
重重地碾压在石头上：

今日晴，最高气温接近80度；中等南风。明天部分多云，持续温暖，中等南风。

她的肚子，她的肚子像
一朵云，一朵云

———————
① 可能指的是普林斯顿大学1946年庆祝建校200周年而举办的一次国际会议。

在傍晚

他的头脑会重新苏醒：

他　　我还穿着我的裤子、外衣和背心！

她　　而我还穿着雨靴！

　　——下降与上升相随——朝向智慧
如同朝向绝望。
一个人在最愚蠢的需要下
将会无畏地粉碎他情绪的
高峰——
回到基础；卑贱！回到尖叫的渣滓，
去认识干净的空气
从那个基础，毫不畏惧，重新登临
阳光亲吻的爱的顶峰！

　　　　　　　——模糊地
胡写乱画。而一场战争打赢了！

——给他自己念诵一首以前写的

歌。倾向于相信
他在结构中看见，某种
      有趣的东西：

这一年最撩人的夜晚
月亮的措辞是黄色的，没有光
空气柔和，夜鸟
只唱一种音符，樱桃树在开花

树林中一片朦胧，它的清香
在脑海中只是能猜到一半的运动。
昆虫尚未苏醒，叶子稀疏。
在拱形的树林，没有睡眠。

血依然静止而冷漠，脸孔
没有疼痛或汗污，也没有
焦渴的嘴。现在爱情可以享受它的游戏
没有什么打扰它完整的八度音阶。

她的肚子……她的肚子像一朵白云，一朵
傍晚的白云，在战栗的黑夜之前！

我对女人在社会中的悲惨地位的态度，我对所有必要的改变的想法，只要它们有助于文学在你看来就都是有趣的，不是吗？我的特定情感导向，把我自己从模式化标准化的女性情感中拽出来，让我能用诗歌做一些还过得去的工作——那都不错，不是吗——那是某种让你坐直身子并予以关注的东西！你在我给你的第一封信里（那封信你当时想用在你的《佩特森》的前言中），看到一种迹象，我的思想需要被认真对待，因为那些也可以被你转化成文学，作为某种和生活脱节的东西。

但是当我实际的个人生活悄悄混进来，到处烙印着同样的态度、敏感和执著，你发现它们作为文学十分值得赞赏——那就完全是另外一回事了，不是吗？不再令人赞赏，而是相反，糟糕、烦人、愚蠢，或者在某个方面不可饶恕；因为正是那些想法和情感让人成为一个具有某种新视野的作家，可是同样的东西，在践行的时候，往往却让人笨拙、难堪、荒谬、徒劳，在大多数人予以保留的地方委以信任，在应该委以信任的地方予以保留，这往往会导致一个人，因为跌跌绊绊的认真或是太过诚实，而踩到他人敏感自我的脚趾。它们恰恰是同样的东西——这一点很重要，任何时候都需要记住，特别是像你这样的作家，以安全生活的玻璃墙为庇护,隔绝了原生态的生活。

只有我的写作(当我写作时)才是我自己:在任何本质方面,只有那才是真正的我。不是因为像你那样,我带给文学和生活两套不同的相悖的价值观。不,我不会那样;我感觉有人真的那样做的时候,文学就仅仅变成了智力的排泄物,像任何其他种类的东西一样适合扔进同样的粪坑。

但是在写作中(就像在所有形式的创造性艺术中),一个人为了成就自我,需要从自己与那些特定的外部事物(语言、陶土、油彩等等)的关系中,获得其存在的统一性和自我的自由,一个人对此有完全的把控,它们的塑造完全在其能力范围之内;而在生活中,一个人对外部事物的塑造(包括友谊和社会结构等等)不再完全由自己掌控,而是需要他人的合作、理解和仁慈,才能发挥自我最好最真实的部分。

所以你那些关于女人作为诗人需要"自由航行在适合自己的环境"的甜言蜜语,按照你对我的行为,都变成了空洞不实的说辞。没有哪个女人能够完全做到,除非她首先能够在生活本身中"自由航行在适合自己的环境"——这就意味着,甚至先于和其他女人的关系,在她和男人的关系中,能够做到如此。任何社会地位低下的成员都会怀疑和憎恨他们当中的"圈外人",因此,女人——在总体上——永远不会满足于她们的命运,直到有光渗透到她们身上,这光不是来自她们自己中的一员,而是来自对她们改变了态度的男人的眼睛——因而,一个像我这样的女人的问题和意识,会遭到其他女人而不是男人的更为冷漠的对待。

而那一点,我亲爱的医生,是另一个我需要你给予我一份不同以往的友谊的原因。

当然,我还不知道究竟是什么让你对我的友谊冷却下来。但是我的确了解,如果你真的要为我费心,你只有两件事需要考虑:(1)我曾经是,现在还是,一个正在死于孤独的女人——是的,几乎就像人们缓慢地死于癌症、肺痨或任何其他这样的疾病(我在现实世界中所有的效能被那种孤独持续削弱);(2)我曾急切地需要,现在仍然需要,一些方式和手段去过一个作家的生活,不论是凭借某种作家的工作(或者任何与我的文化兴趣有关的工作),还是凭借某种文学新闻的工作,比如书评——因为只有在那种劳动和工作中,我才能把另一种工作中的负债变成资产。

那就是我的两个问题,你持续和几乎蓄意地以其为背景来决定你对我的帮助。但是,曾经和现在,它们都比我的诗歌是否能发表来得更为重要。我不需要借你的名发表我的诗歌,为了继续写诗,我更需要你其他方面的友谊（你忽略的方面）。因此，我无法以那种你所期待的反应和感激（没有任何真正的诚实）来对待你给我的那种帮助，我对它的需要远不如你没给的那种帮助。

你和我的全部关系相当于你试图帮助一个肺炎病人，递给她一盒阿司匹林或者格罗夫感冒片和一瓶热柠檬汁。我不能坦率地告诉你。你，一个文人，怎么能认识到这一点呢，在一件文学作品的创作中，当想象力如此迅速地确证自身具有最为强大的力量，它却似乎根本无力让你圈子里的作家充分理解处在我这种状况的一个女人的失调和无能？

当你给在W的我写信，关于可能的审读员工作，对你来说这似乎是件很简单的事，不是吗，让我就这份工作进行所有必要的调查，安排所有必要的面试，开始工作（如果我被雇用），准备好保有这份工作的所有必要的生活条件，由此感觉我的生活，至少在现实的各个层面都厘清了——仿佛凭借魔法一般？

但是，让一个人哪怕以最普通的现实方式站稳脚跟，对于任何站在我这边的人，从来都没有这么简单——那不是你那边，也不是你的热诚崇拜者弗莱明小姐那边，甚至不是那些备受呵护的人，诸如S. T. 和S. S.，他们人生大多数时候都有某个克拉拉和让娜照顾他们，甚至在他们自己已完全破产之时。

一个穷困潦倒的人，几个月衣不蔽体，艰难困苦，他需要各种东西让他保持体面，去寻找一份受尊敬的、重要的白领工作。然后，他需要大量的资金支付食宿，保持外表形象（尤其是后者），与此同时，去参加各种各样的面试。即使他得到了那份工作，仍然需要食宿和车费，还有保持得体外表什么的，等待第一张工资支票，甚至也许第二张工资支票，因为第一张可能要几乎完全用于补交租金或者诸如之类的费用。

所有那一切都需要好大一笔钱（尤其对于一个女人）——远远超过十美元或二十五美元。不然就要有很亲密的朋友，非常欢迎你在其公寓住上一两个月，可以用其打字机来写面试申请信，电熨斗可以用来保持衣服平整，等等——我没有这种知心的朋友，从未有过，你知道其中原因。

自然，这种大规模的实际帮助，我不能求助于你这样一个陌生人；我很愚蠢地将我需要帮助的范围压到最低，当时我问你索要被人偷了的第一张汇款单，后来第二张二十五美元的汇款单——那是愚蠢，因为那是一种误导。但是我寻求的是别样的帮助，最终（被你放在背景中）本可以作为足够的替代，因为我能够实施我在秋末对你提到的那些计划（书评，辅以几乎任何种类的兼职工作，后来的一些文章，也许还有今年夏天在亚多的一个月），不需要以非常不同的方式站稳脚跟。那么，最终，我的名字出现在某些出版物的书评部分的事实（我宁可不要那样使用诗歌）将会让我获得某种工作（比如一个作战新闻处的工作），全然没有那种只会困扰微贱无名之人的官样文章。

我对你抱有的恼怒和愤慨现在有助于穿透那块冻结的坚冰，我的创造力开始因为你最后的那个便签而遭受损害。我发现自己再次以诗的形式来思考和感受了。但是与此相对的是，我比初次见你时更加缺乏依靠。我的孤独加深了一百万英寻，我的体能甚至更加严重地被其消耗；我的经济状况自然更糟糕了，现在生活成本高得可怕，我和你的朋友 X 小姐的接触也很不顺利。

不过，她没理会我的短信可能另有原因——也许是因为发觉你对我的友谊冷淡了——我估计，这会对她造成影响，既然她是你的一个超级"崇拜者"。但是我不知道。我一无所知；我上周去了《时代周刊》，试图靠自己获得给他们写小说评论的机会（《时代周刊》发表很多这样的评论），可是毫无结果。我想干的是写作——不是操作机器或者车床,因为随着文学越来越多地关系到社会问题和社会发展(对我来说,以我的思考方式来看),我所能做出的任何对人类福祉的贡献(在战争时期或和平时期)都将是作为一名作家,而不是工厂工人。

我还很年轻的时候,对于批判任务年轻得有点荒唐(还是女学生的年龄),我的心智尚未发育完全,所有思想还处在第一周胚胎的未成型的状态,我可以毫不费力地从任何杂志获得写书评的工作——都是被认可的重要作家的书(比如卡明斯、芭贝特·多艾奇、H. D. 等),而现在我的思想成熟了,我真正有话要说的时候,却得不到任何那类工作了。究竟是为什么?因为迄今为止,作为一个对女性在世界上的地位不满的女人,我被迫过着先锋性的生活,与你同性别的、有你那样特殊社会背景的作家并未加诸己身,而与我同性别的作家也会不赞成(原因我已经提过了)——因此在那个时候,我想从生活回归写作(生活让我的思想更清晰更丰富),因为那样的生活,我曾经是(现在仍然是)——彻底被社会流放的人。

(在我和你第一次谈话时)我掩饰并轻描淡写地对待我早期少女时代的那些文学活动,因为作品本身并不怎么优于有天分的大学新生,或早熟的预科高年级学生贡献给校报的东西。但是，那些作品毕竟不是出现在它本该属于的校报，而是得到了当时被认可的重要文学刊物编辑们的认真对待，我得以非常轻松地平均每周赚到十五美元。如今我详述当时情况并在此强调；因为你可以据此更好地想象，我会有怎样的感觉，当我认识到以一些浅薄之物为基础（比如拥有诱人的青春魅力和结交有用的人），我就能够在我和世界的关系中，保持我作为作家的个人身份，而现在，我放弃这样做，因为我需要在生活中摒弃那些浅薄。

P医生，你从来都不需要——生活在旁路和黑暗的地下通道里，那里的生活经常要受到考验。正是你出生的环境和社会背景让你得以逃避原生态的生活；你把受保护的生活和没有能力生活混淆起来——因此可以把文学仅仅当作想象的没有能力生活所导致的绝望的极端。（我一直在看你的一些自传作品，便表明了这点。）

但是生活（我是指不安全的生活）不是人坐等其成就可决定的东西。它发生在一个人身上的几率，小到像麻疹；或者大到像船的漏水或地震。不然它就不会发生。如果的确发生了，就必须像我一样，把自己的生活带入文学；如果没有发生，则要（像你一样）把纯粹文学的同情和理解带入生活，仅仅把思考和词语的人性转到纸上——还有，唉，文人的自我，最有可能在改变你对我的态度中起到重要作用。我想，文人的自我想要以这样的方式帮助我，如果那种帮助足以让我开花的话，我自己的成就可以充当他纽孔里的一朵花。

可是，我没有花可以送给任何人，不论是在爱情方面还是友谊方面。这就是为什么我不想要那个给我诗集的前言的原因之一。在这封信的末尾几行，我不想变得讨厌或带有讽刺。相反，一种极其悲哀的情感取代了开始写信时的气恼和愤慨。我需要你的友谊胜过其他任何东西（是的，胜过，我一直非常需要其他东西），我迫切需要它，不是因为我有一个能装饰男人骄傲的东西——而是因为我没有。

是的，在前几页信中我想象自己感到的愤懑，是虚假的。我太伤心太孤独，以致感觉不到愤懑；如果这里有什么唤起了你的关注，能够改变你对我的心意，那将是我所能设想的唯一发生在我当下生活里的事情。

你的 C

附言 我已经回到松树街 21 号，我要补充说明，至于是谁伪造了汇票上的"Cress"签名，还拿走了布朗先生的一张支票（尽管没有兑现，故而后来更换了），这个神秘事件从未得到澄清。当时在这里的管理员现在也死了。我不认为是他拿了钱。不过我还是相当开心，邮局没有坚持到底，因为万一鲍勃和此事有牵连，他会陷入严重的麻烦——我不愿意这种情况发生，因为他是那些可怜的工资超低的黑人之一，在很多方面都是非常得体的人。但是现在他死了（在两个多月前），我希望可以继续调查，因为骗子可能是那些下流卑鄙的偏僻农场里的人，他们常年剥削穷苦潦倒的农场帮工，应该以某种方式将其曝光，因为如果他们真的偷了汇票并因此被捕，这本身会引起有关当局关注他们所有其他的非法活动：不过那种正义不是让我很感兴趣。这种那种的罪行或反社会行为，其心理和环境上的根源，总是更让我关注。但是当我做出最后陈述时，我想起自己多么喜欢在散文中和人们一起做诸多事情——一些故事，或许一部长篇小说。我无法告诉你，我多么想要过上写作所需要的生活。我只是不能完全靠自己来实现罢了。我现在甚至都没有打字机，连租的也没有——我无法正常思考，除非在打字机上。我可以用笔写诗（尽管只是初稿），还有信件。但是，除了信件，没有打字机我写不了任何散文。这当然是我最小的问题——打字机,至少是最容易解决的。

C.

P医生:

这是我写给你的最简单最直接的信;你应该把它认真地读完,因为它是关于你的,作为一个作家,关于你在 A. N. 上的文章中表达的涉及女性的思想,而且因为它与我自己有关,它包含我以前认为没有必要给你的信息,现在应该是时候了。如果我一开始的愤怒让你生气,无法继续读下去——好吧,当我现在附上这则附言时,我的愤懑终究已不复存在了。

C.

而如果为了那些原因你不想读,也请你尽量读一读,仅出于对我的公平——太多时间、太多想法和太多痛苦都写进了那几页信纸里。①

---

① 马西娅·纳迪 1943 年 5 月那封信的剩余部分。

第三卷

(1949年)

对于奥利弗来说，城市不是自然的一部分。他几乎无法感觉，他甚至无法承认，当有人对他指出，城市是人类心灵的第二个身体，第二个有机体，比血肉和骨头构成的动物有机体更具有理智、永久性和装饰性：一件自然而合乎道德的艺术品，在这里，灵魂装配她行动的战利品和愉悦的工具。

——《最后的清教徒》，桑塔亚纳

图书馆

一

我喜欢槐树

甜蜜洁白的槐树

多少钱?

多少钱?

需要多少钱

去爱开花的

槐树?

艾弗里[①]也不能积聚

这样一份财富

这么多

---

① 艾弗里(Samuel Putnam Avery, 1822—1904),因建议美国人购买欧洲艺术品而发财。

这么多
倾斜的绿色
槐树
它明亮的小叶子
在六月
倾斜在花朵中间
甜蜜而洁白
代价重大

     书籍的凉爽
有时会把心灵带到图书馆
在炎热的下午,如果感官可以发现
书的凉爽,就能带走心灵。

因为在所有回应生命的书中
有一阵风或一阵风的灵魂
那里,大风充满耳鼓
直到我们以为自己真的听见了
一阵风

      带走心灵。

离开街道,我们中断

我们心灵的隐居,被书籍的风

抬起,追寻,追寻着

风

直到我们意识不到哪个是风

哪个是支配我们的风的力量

      带走心灵

一种气息在风中升起

或许是来自槐花

它的芳香本身就是一阵流动的风

      带走心灵

穿过它,在大瀑布下

很快就会干涸

河流回旋,逆流

      首先被回忆。

在无用的街道游荡,消磨了

这些个月份,面孔对他折叠

像入夜的三叶草,某种东西

已经把他带回到自己的

　　　　　　　　　心灵。

　　　　　其中看不见的瀑布
翻滚,恢复自身
并再次落下——永不停歇,落下
带着咆哮再次落下,一种回声
不是来自瀑布而是来自它的传闻
　　　　　　　　　　没有减弱

　　　　　　　美的事物,
我的鸽子,无能为力,全部被风吹走,
被火触及
　　　　　无能为力,
一种(无声的)咆哮用它的重复
淹没了意识
　　　　　　　不愿躺在它的床上
睡觉,睡觉,睡觉
　　　　　　　在它黑暗的床上。

夏天!这是夏天
——咆哮仍然在他的心灵里
没有减弱

1723年，最后一匹狼在魏斯惠斯①附近被杀死

书籍有时会带来休息
对抗落水的喧嚣
水恢复自我，重新落下
以它的回声充满心灵

      震撼石头。

吹吧！随它吧。打倒！随它吧。消耗
和淹没！随它吧。飓风，火灾
和洪水②。随它吧。地狱，新泽西，
信上说。没有评论就发表了。
随它吧。

    远离它，如果你愿意。随它吧。

（用它们的皱褶裹住我们的风——

---

① 魏斯惠斯（Weisse Huis），出处不详。
② 1902年2月8日，一场毁灭性火灾烧毁了佩特森核心的大部分，摧毁了丹福斯公立图书馆及其大部分藏书，以及其他一些建筑。强风劲吹，如巨大的风箱加速了火势。下个月，帕塞伊克河淹没了城市的主要部分，随着巨大水量倾泻到河床与邻近地区，出现了巨大浮冰，所到之处造成重大破坏。后来，年内又有反常的龙卷风袭击城市。图书馆于新址重建，1905年重新开放。

或者没有风）随它吧。拉住那些门，在炎热的
下午，被风控制的门，挣脱
我们的胳膊——还有手。随它吧。图书馆
是我们恐惧的避难所。随它吧。随它吧。
——绊倒我们的风，压制淫乱的我们，
或压制我们恐惧的淫乱
——笑声逐渐消失。随它吧。
　　　　　　屏息而坐
或依然喘不过气来。随它吧。然后，放松，
转向任务。随它吧：
　　　　　　　旧报纸合订本，
发现——一个孩子被烧死在田野里，
没有语言。燃烧着，试图在篱笆下
爬回家。随它吧。另外两个孩子，
男孩和女孩，紧紧彼此拥抱
（也被河水紧抱），随它吧。无言地
淹死在运河里。随它吧。佩特森
板球俱乐部，1896年。一个女说客。
随它吧。两个本地百万富翁——搬走了。
随它吧。另一个印第安石屋
被发现——一支骨锥。随它吧。

老罗杰斯机车厂。① 随它吧。
庇护我们远离孤独。随它吧。心灵
旋转,因为阅读而吃惊,畏缩
随它吧。

  他转身:俯在他的右肩上
一个模糊的轮廓,在说话

  轻柔地!轻柔地!
  仿佛在万物中,一个对立面
    唤醒了
  愤怒,构想着
    知识
  凭借无处安放
  它光滑头颅的
  绝望——

  只要拯救——不要孤单!

---

① 这里的各种材料来自 1938 年出版的《探勘者》:《两个小女孩,胳膊彼此紧锁在一起》,7 月 10 日版,第 6 页;一张 1896 年佩特森板球俱乐部的照片,8 月 21 日版,第 6 页;《两个本地百万富翁》的故事见于 10 月 9 日版;《印第安石屋》见于 10 月 2 日版;8 月 28 日版则刊登有一篇关于罗杰斯机车厂的文章。

如果可能,永远不要
孤单!逃避被接受的
  砧板
和一顶方帽!

"城堡"也将被夷平。随它吧。没有
别的原因,只是因为它在那里,
不可思议;没有用处!随它吧。随它吧。

    拉姆波特①,可怜的英国男孩,
建造它的那个移民
    是第一个
      反对工会的:

这是我的商店。我保留权利(他做到了)
走得比队列远(在他的织机之间)
向任何狗娘养的开枪,我的选择,没有借口
或原因,仅仅是因为我不喜欢他的脸。

---

① 拉姆波特(Catholina Lambert,1834—1923),出生于英格兰约克郡,后来成为佩特森最富有的工厂主之一,1892年建造了城堡"贝亚维斯塔",1925年出售给市政府,为帕塞伊克县公园委员会和历史协会办公所在地。1936年冬,侧厅的画廊被拆除。

罗丝和我当时彼此并不认识,我们都参加了一战前后的佩特森罢工,都为组织游行工作。她定期去监狱给杰克·里德送饭,我倾听大比尔·海伍德、格利·弗林和工会大厅里其他心胸宽广、乐于助人者的演讲。看看现在这该死的东西。①

    他们把他打垮了。

   ——老男孩本人,是个英国佬,
满脑子都是城堡,那个草率辩证法的
关键(在它持续期间),在冲击粉土上
给他自己建一个巴尔莫勒尔城堡,落石镶嵌着
"大山"隆起的火山上冲断层边缘

   ——主屋的一些窗户
被平滑的鹅卵石半透明的
薄层所照亮(他的第一任妻子
欣赏它们),迄今为止此地最真实的

---

① 1948年9月10日,威廉斯告诉他的朋友罗伯特·卡尔顿·布朗(Robert Carlton Brown, 1886—1959),"佩特森第三卷暂缓了。我要使用你所有关格利·弗林和其他人的信。"罗丝是布朗的第二任妻子。

细节；至少是那里所能有的
最好的东西和最好的人工制品。

诗的范围是世界。
当太阳升起，它在诗中升起
当太阳落下，黑暗降临
诗也变得暗淡

灯盏燃起，猫儿潜行，人们
阅读，阅读——或者喃喃低语
盯着他们的小灯照亮或
模糊的东西，或是他们在黑暗中

摸索的手。诗让他们感动或
没有感动。费图，他的耳鸣
没有声音，没有伟大的城市，
当他似乎要领悟到——

     一阵书的咆哮
来自填塞的图书馆，压抑着他
         直到
他的心灵开始飘浮

美的事物：

　　　　　　　　——一束黑色火焰，
一阵风，一场洪水——对抗一切陈腐。

死者们的梦，被这些墙限制，上升，
寻找出口。精神衰弱消沉，
无能，无能不是因为缺乏先天能力——

　　　　　（独自阻挡确切的死亡）

而是因为囚禁它们的东西，在这里
把它们和同类压制在一起，为了暂缓。

在寒冷或夜出活动者之前飞进来
（光吸引了它们）
　　　　　它们寻求安全（在书中）
结果却重重地撞击在
　　　　　　　高窗的玻璃上

图书馆荒凉孤寂，它有自己

沉滞和死亡的气息

    美的事物！

——梦的代价。
  我们在梦中搜索，智慧的外科手术之后
必须翻译，快速地
一步一步，否则就会被摧毁——在诅咒下
继续做一个阉人（缓慢降落的面纱
关闭心灵

      切除了心灵）。

    安静！

  醒来，他发着烧打瞌睡，
脸颊发烫……把血液
借给过去，吃惊……冒着生命危险。

当他的思想变得虚弱，加入到其他人中间，他
试图把它带回——但它
躲开他，再次振翅，飞走
再次消失。

啊,塔拉萨①,塔拉萨!
水的鞭打和嘶嘶声

    大海!

它距离它们多近!
  快了!
    太快了。

——而他依然把它带回来,和余者一起
撞击着排气孔和高窗

(它们没有屈服,而是尖叫
    像复仇女神一样,
尖叫并诅咒想象,阳痿者,
一个女人靠着另一个女人,设法摧毁它,
却做不到,它之外没有生活)

---

① 塔拉萨(Thalassa),希腊神话中的海水女神,太空神埃忒尔(Aether)与白昼女神赫墨拉(Hemera)之女,蓬托斯(Pontus)之妻。

一座图书馆——充满书籍！谴责所有削弱心灵意图的书

美的事物！

印第安人被指控杀了两三头猪——后来证明这不是真的，因为猪是白人自己屠宰的。接下来的事件牵连到两个印第安人，由于那个指控，他们被克夫特的士兵抓了起来：这些勇士被克夫特交给士兵们随意处置。

这些野蛮人中的第一位，受了很可怕的伤，他渴望他们允许他跳"肯特·卡耶"舞，一种临死前的宗教习俗。不过，他伤得太重，倒下死掉了。士兵们随后把另一个人的肉一条条割下来……这一切进行的过程中，统领克夫特和他的顾问（殖民地第一个受过培训的医师）让·德·拉·蒙塔涅，一个法国人，站在那里，为这件趣事开心地大笑，揉着自己的右臂，这个场面让他很是高兴。接着他命令把他（那个勇士）带到堡垒外面，士兵们把他带到河狸路，他一直在跳"肯特·凯耶"舞，他被砍断四肢，最后被砍掉了脑袋。

与此同时，那里站着二十四五个女性野蛮人，她们被监禁在堡垒的西北角：她们举起胳膊，用她们的语言呼叫。"可耻！可耻！这么骇人听闻的残忍，我们闻所未闻，甚至想都想不到。"①

他们用贝壳、鸟羽、河狸的皮当作货币。当一个祭司死去，下葬，他们用他拥有的这些财富包裹他。荷兰人挖出尸体，偷走毛皮，把尸体留给林中游荡的狼。

医生，听——五十岁左右，一只脏手
把帽子推向脑后：金色的字——
  美国的志愿者们

     我得到
一个外面的女人，我想娶她，你可以
给她验血吗？

从1869年到1879年，有几个人凭借绷紧的绳索越过瀑布（在老照片里，下面的人群，站在干岩石上，穿着短袖和夏天的衣服，看起来像是睡莲或者企鹅，而不是仰头盯着他们看的男男女女）：德·拉维、哈利·莱斯利、杰奥·多布斯——最后一个肩上扛着一个男孩。弗利特伍德·米尔斯，一个半疯子，宣布他也要实施这个壮举，但当人群聚集起来，并没有发现他。

---

① 这个故事来自《纽约历史资料》第四卷，第67—68页。

此地散发着陈腐的汗味,
和后屋腐烂的恶臭,一种
图书馆的恶臭

这是夏天!臭气熏天的夏天

远离它——但不是通过
逃跑。不是通过"调停"。拥抱
污秽。

——存在绷紧,在诸永恒之间保持
平衡

当莱斯利背上绑着炉灶出来的时候,莫里斯山上的一个观众——拽着一根绷绳,或是出于预谋,或是出于懒散,让莱斯利几乎跌下来。他把炉灶背到绳索中央,点着火,做了一个煎蛋卷吃了。那天晚上下了雨,之后的表演不得不推迟。

但在星期一,他表演洗衣女工的游戏,穿着女式服装,像醉酒一般摇摇晃晃穿过峡谷,倒着走,单脚跳,在绳索中央侧身躺下。他"崩裂"了紧身衣,之后就退隐了——到高处的小茅屋修补去了。

　　整个事件的过程通过新式电话从水厂高塔传到城里。那个男孩汤米·沃尔克,是这些冒险中真正的英雄。①

当幻想达成

你的关节放松

骗局已成!

白昼过去,我们看见你——

但不是独自一人!

喝醉了,全身泥污,释放

美的严谨

在布满繁星的天空下

美的事物

和一轮缓慢的月亮——

　　　　　　那辆汽车

已经停了很久

自从其他人到来

把那些人拖下车

他们让你在那里

---

① 源自《探勘者》,1936 年 8 月 7 日版,刊有关于此次绷绳表演的长文。

对任何麻醉剂

都漠不关心

美的事物

能够简朴地生活,远离酒吧——

难闻的气味!

有什么要紧?

只要能够释放

那唯一的东西——

但是你!

——穿着你的白色蕾丝边裙子

被你的美所迷(我说),

让人升华,但不容易实现,

整个场面令人入迷:
      脱下你的衣服,

(我说)
   入迷,你脸庞的安静

是一种真实的安静

      不是出自书本。

你的衣服（我说）快点儿，当你的

美可以得到。

    把它们放在椅子上

（我说。然后是一阵狂怒，我对此感到

羞愧）

    你闻起来好像

需要洗澡了。脱掉你的衣服

净化自己

也让我净化自己

      ——为了看看你，

    看看你（我说）

（然后，我的怒气上升）**脱下你的**

衣服！我没有让你

脱下你的皮肤。我是说

你的衣服，你的衣服。你闻起来

像个婊子。我要你按照我的意见

沐浴，你丧失的身体的

惊人的贞德（我说）

                    ——你可以

送我飞向月球
……让我看看你（我
说，哭泣着）

我们去兜风吧，看看城里是什么样子

冷漠，某种死亡的冷漠
或者某种死亡的事件
提出一个谜题（以乔伊斯的方式——
                    或其他方式，
哪一种都无所谓）
一个婚姻的谜题：

如此多地谈到语言——却没有耳朵倾听。

…………

有什么好说的？除了
美被忽视，尽管足够用于出售
和轻率地购买

可这是真实的，他们害怕它
甚于死亡，美比死亡
可怕，甚于他们害怕死亡

　　　　　　美的事物
——结婚只是为了摧毁，私密地，
他们在私密中只是为了摧毁，为了隐藏
　　　　　　　　（在婚姻中）
他们可以摧毁而不被察觉
在其中——毁灭性的

死亡将来得太迟，无法带给我们帮助

除了爱情还有什么目的，直视死亡?
一个城市，一桩婚姻——直视
死亡

一个男人和一个女人的谜题

除了爱情，有什么能直视
死亡，爱，带来婚姻——
而不是恶行，不是死亡

尽管在古老的戏剧中
爱情似乎只带来死亡,只有死亡,仿佛
他们渴望死亡甚于
面对恶行,古老城市的恶行。

　　……一个腐败城市构成的世界,
没有别的,死亡直视他们
没有爱情:没有宫殿,没有僻静的花园,
石头间没有流水;护墙的石栏杆,
被挖空,流淌着
清水,没有和平。

　　　　　　水域
干涸。这是夏天,它已被终结。

给我唱首歌,让死亡变得可以忍受,一首
关于一个男人和一个女人的歌:一个男人和一个女人的
谜题。

　　什么样的语言可以缓解我们的焦渴,
什么样的风能提升我们,什么样的洪水能承载我们

经过失败

除了歌,除了不死的歌?

   岩石
   与河水结合
   没有发出
   声响

   而河水
   流过——而我依然
   喧嚷
   不停地呼唤
   鸟儿
   和云朵

(倾听着)
   我是谁?

      ——那声音!

——那声音升起,忽略
(带着它的新)坚定的

语言。不存在解脱吗?

放弃它。戒掉它。停止写作。
"圣人般的"你永远不会
和感觉的污渍分开,

     对爱情的
一种冒犯,心灵的蠕虫吃掉
内核,没有抚慰

——永远不会将感觉的污渍
与惰性物质分开。永远不。

那种光辉永远不会

     被切分,
让象征无法接近

医生,你相信
"人民"和民主吗?
你还相信——
这些腐败城市的泔水洞吗?

你相信吗,医生?现在?

     放弃
诗歌。放弃艺术的
犹豫不决。

   你能希望,你能希望
得出怎样的结论——
在一堆肮脏的亚麻布上?

     ——你
一个来自(摆脱)乐园的诗人?

这是一本肮脏的书吗?我打赌
这是一本肮脏的书,她说。

    死亡在躺卧等待,
一个友善的兄弟——
充满丢失的词语,
从未被说出的词语——
一个对穷人友善的兄弟。
发光的要义

抵抗着最终的结晶

   在沥青混合物中
发光的要义

早先曾有一个光彩夺目的日子：新巴巴多斯
不知从哪里来了个英国人 ①

        故事从此开始。

事实本身当然没有什么神秘的
根据一个字谜，成本螺旋式上升——无论熟悉
还是陌生，策划的还是自发的。
贫穷的事实毋庸置疑。语言
不是模糊的领域。成本的变化中
有一种诗，无论熟悉还是陌生。

成本，成本。

昏眩的半睡半醒的眼睛

---

① 新巴巴多斯是新泽西州伯根县的一个地区，英国人指的是威廉斯的父亲，死于 1918 年。

美的事物
属于某个可信赖的动物
　　　　把野蛮的杀戮场
变成了庙宇
……

试试另一本书。打破
这个地方的枯燥氛围。

一个发疯的神
　　　　——妓院中的夜晚
　　　　如果我去过
那又如何?

——把妓院变成我的家?
　（又是
　　图卢兹·劳特雷克）
比如说我是两个女人
　　　相遇的地点

一个来自边远地区
　　　有点儿野蛮

患了肺炎
（大腿上有伤疤）

另一个——有欠缺，
　　来自一种古老的文化
——以不同方式
　　提供同样的菜

让颜色流动起来

图卢兹·劳特雷克见证了
它：四肢放松
——所有宗教
　　　　都把它排除了——
舒适，肌腱
不紧张。

于是他记录下她们。

——一块石头
把燧石蓝
向上插进砂岩
砂岩破碎，

　　　　但又坚不可摧
我们用来修路。

——我们结结巴巴地选举

退出。离开这里。去所有嘴巴
都漱干净的地方：去向河流
寻找答案
　　　　　为了从"意义"中得到宽慰

一场龙卷风在靠近（我们
这些纬度没有龙卷风。那么，
在樱桃山呢？）

　　　　　　　它倾泻
在佩特森的屋顶，撕裂，
绞扭，弯曲：

一块木瓦板的一半
插进了一棵橡树
　（风一定已让它钢化，
紧紧抓住它的两端）

                   教堂
以弧形移动了八英寸,在它的
地基上——

          嗡嗡,嗡嗡!

            ——风
把它沉重的发辫(脸没有
露出),从岩石的边缘倾泻——

        在上升的气流中,
夏日,赤肩鹰飘浮着,
游戏
          (在上升的气流中)

          可怜的棉纺
工人,在屋顶上,准备跳下
          俯视
在书籍中寻找;心灵在别处
俯视

                  寻找。

二

火燃烧；这是第一定律。
当风扇动，一簇簇火焰

蔓延开去。谈话
扇旺火焰。他们

控制住它，以便让写作
成为一团火，不仅关乎血。

写作什么都不是，置身于
一种写作状态（那是

他们给你造成的处境）只是困难的
十分之九：诱惑

或高压手段。写作
应该是一种释放，

从环境中释放

随着我们的前进,它变成——一团火,

一团毁灭之火。因为写作
也是一种攻击,必须找到手段

来结束它——从根本上
如果可能的话。因而

去写作,问题的十分之九
就是去生存。他们务必

不是凭智力而是
凭亚智力(想要变得盲目

当作说法的借口,
我们如此为你骄傲!

一个美妙的天赋!你如何
在你忙乱的生活中

为它找到时间?有这样的消遣
一定是件了不起的事。

但你一直都是个奇怪的
男孩。你妈妈怎么样了?)

——飓风的愤怒,火,
铅灰色的洪水和最后的
代价——

你父亲是这么好的一个人。
我很清楚地记得他。

或者,天呀,医生,我猜没什么问题
可它究竟是什么意思?

  按照应有的仪式,会建造一间有十二根柱子的房子,每根都要用不同的木材。他们把这些柱子打进地基,顶部绑在一起,整个覆盖用紧紧连在一起的树皮、毛皮或毯子。
  现在一个人坐在这里,他将对着火神说话,火神鼓着眼睛躺在烟洞里。十二个神灵作为下级神灵陪伴着他,一半代表动物,一半代表植物。举行献祭的房子里架起一个大炉灶,用十二块烧红的大石头加热。

与此同时,一个老人把十二斗烟草扔到灼热的石头上,另一个老人紧接着朝上面倒水,这种情况下,浓烈的烟或水汽几乎要把帐篷里的人窒息——

烟高高升起的时候,献祭者大声呼叫,卡那卡,卡那卡!或是有时喊,呼呼,呼呼!把他的脸转向东方。

献祭期间有些人保持沉默,有些人说些奇怪的话,还有人模仿公鸡、松鼠或其他动物,发出各种各样的声音。在一片大呼小叫中,两头烤鹿被分给大家。①

(把书扔进去)
辛辣的气味,
    为了他们能破译的东西
扭曲感官去探测标准,穿透
习俗的头骨
    去到一个避开
情感的女人们和孩子的地方——一种
对于燃烧的情感

  它在有轨电车公司的车库开始,在油漆车间。男

---

① 这几段散文源自威廉·内尔森的《新泽西州佩特森市及帕塞伊克县历史》(1901),第35—38页。

人们整日工作,给旧车重新整修表面,门窗关闭,因为天气非常寒冷。油漆,特别是清漆,随意使用在各处。成堆蘸着油漆的布片扔在角落里。一辆车夜里着火了。

气喘吁吁,匆忙中
各种(书籍的)夜晚苏醒!苏醒
(再次)开始它的歌,等待
黎明的斥责。
     它不会永远持续
在辽远的海上,辽远的,辽远的
海,被大风席卷,"酒红色的海"

一个回旋加速器,一个筛子

   在那里,
在烟草的静默中:他们躺在一座圆锥形帐篷里
拥挤在一起(一堆书)
    互相敌对,
      梦见
温柔——在静默的恶意中
他们无法穿透,无法被唤醒,再次

活跃起来,却依然如故——书,

      也就是,地狱中的人们,
他们对活人的统治结束了

说清楚,他们说。哦,说清楚!清楚?
万物中有什么比那更清楚
没有什么这么不清楚的,在人
和他的写作之间,关于哪个是人
哪个是物,两者哪一个
更需要被重视

    当它被发现时,它还是一场小火,尽管很旺,但看起来消防人员可以处理。可到了黎明,一阵风吹来,火焰(他们以为已经熄灭了)突然失控——席卷了整个街区,朝着商业街蔓延。中午之前,整个城市都毁了——

    美的事物

        ——整个城市都毁了!而且
火势高涨

像一只老鼠,像

一只红拖鞋,像

一颗星星,一株天竺葵

一只猫的舌头或者——

思想,思想

是一片叶子,一块

鹅卵石,一个老人

从普希金的

故事里走出来

     啊!

腐烂的横梁

滚落,

   一个旧瓶子

被损毁

夜晚被火焰照亮为白昼,火焰

他赖以为生的火焰——搜寻书页

   (燃烧的书页)

仿佛一只蠕虫——寻找启蒙

我们饮用它,醉于它,最终

被摧毁(当我们进食时)。但是火焰

是带着要求的火焰,有它们自己

摧毁一切的肚子——仿佛有火

在那里闷燃

    闷燃一生,从未迸发出

火焰

纸张

(被消耗)随风飘散。黑色。

墨迹烧成白色,金属的白。随它去吧。

来吧,包罗万象的美。快来。随它去吧。

指间的一粒尘。随它去吧。

来吧,衣衫褴褛的徒劳。获胜。

随它去吧。随它去吧。

  一只铁狗[①],眼睛

燃烧在充满火焰的走廊。火焰的

---

① 源自1944年11月的《帕塞伊克县历史协会公告》,第19—20页。这只铁狗悬挂在一家白铁制品商店外面,1846年12月9日中午,商店被彻底烧毁,连同同一侧的若干建筑,但是那只铁狗一直悬挂在那里,注视着现场。

迷醉。随它去吧。一只瓶子，被火焰
烧毁，笑弯了腰：
黄色，绿色。随它去吧——因为醉酒
而幸存，在火焰的狂笑中。所有的火都在燃烧！
随它去吧。吞咽着火焰。随它去吧。
被火扭曲成笑声，
同一场火。随它去吧。对着火焰咯咯笑
吮吸，各种各样的笑，一种
燃烧的庄严超越了火焰的冷静，
一种毁灭的贞洁。怯弱者，
称它为善。称火为善。
随它去吧。火爆沙的美
曾是玻璃，曾是一只瓶子：无拘无束。
毫不畏惧。随它吧。

一只旧瓶子，被火烧毁
上了一层新釉，玻璃扭曲出
一个新的特征，回收
未定之物。一块热石头，
被潮水触及，裂出细纹，
釉面未遭破坏
毁灭使它改善：最炽热的

嘴唇抬起，直到没有形状
只有一大片脱皮的新闻流动。
喝下新闻，呼吸的液体。
它迸发出笑声，大声叫喊——通过
在沙子里投资恩典
——或者石头：绿洲的水。玻璃
布满冷却之火的
同心的彩虹，那是火焰
冷却后的遗赠，它的火苗
遭到蔑视——包裹玻璃的火焰
花朵被摧毁，因火焰重新
开花：第二种火焰，超越
热度。

地狱之火。火。坐下
你这带角的混蛋。你的游戏是什么？
在你自己的游戏里打败你，火。比你持久：
诗人在火的游戏中打败了火！瓶子！
瓶子！瓶子！瓶子！我
给你瓶子！现在，什么
在燃烧，火吗？

图书馆?
     旋转的火焰,跳跃
从房子到房子,大楼到大楼

    被风携带

图书馆在它们的路上

美的事物!燃烧

   一种对权威的挑战
——烧掉萨福的诗,故意
烧掉(或许它们还藏在
梵蒂冈的地下室里?):
     美是
一种对权威的挑战:

    因为它们
被除去包装,碎片接着碎片,来自
埃及石棺内部,
木乃伊的混凝纸浆外壳。

　　　　　　　　　飞舞的纸张
来自古老的火灾，被殡仪员
偶然捡起，制作模具
一层接着一层
　　　　　　　　　为了死者

美的事物

被禁的选集，甚至
被死者，对此
全然不解的你所复活：

　　丢勒的《忧郁》，道具
放在那里，和机器的数学
无关

　　　毫无用处。

　　　　美的事物，你的
美妙的粗俗超越了它们
所有的完美！

粗俗胜过所有的完美
——它从一只油漆罐里跳出来,我们看见
它经过——进入火焰!

  美的事物

——与火缠绕。一种同一性
超越世界,它的内核——
让我们退缩,喷射着反对的
  小软管——而且
我和其他人一起,对着火
喷射

   诗人。

    你在那里吗?

我如何能找到例子?某个男孩
在硫磺岛开着推土机
穿过火力网,转身
又开回来,给其他人开路——

　　　　　　无声无息，他的
行动让火焰增色

　　　　——但是丧失了，丧失了
因为没有办法连接起
新的音节来把他禁锢

　　　　没有火焰的弯曲
在他自己的形象里：他湮没无名
直到胜利女神纪念他——

为此，缺乏创新，
缺乏词语：

　　　　　　火焰的
瀑布，一种逆转的洪流，朝上
飞射（它造成了什么差别？）

语言，

　　　　　美的事物——而我
让自己出丑，哀悼

献身精神的缺失

     哀悼它的丧失，
因为你

   伤痕累累，被火势席卷
（一场无名之火，甚至你自己都
不知道）无名，

醉酒。

上升，带着旋转的运动，人
进入火焰，变成火焰——
火焰接管了人

   ——随着一声咆哮，一声
没人可以发出的大叫（我们死在沉默中，我们
羞愧地享受——在沉默中，甚至对彼此
隐藏我们的欢乐
        保持
一种隐秘的欢乐，在我们不敢承认的
火焰中）

　　　　　一声火的尖叫
随着逆风,把房间卷走——暴露
铁皮屋顶的可怕场面(1880)
整个,半个街区长,像裙子一样
被掀起,被火抓住——最后升上去,
几乎带着一声叹息,上升,飘浮,飘浮
在火焰之上,就像在甜美的微风中,
辉煌地飘走,驾驭着空气,
　　　　　滑行
在空中,轻松地离开
似乎要在它下面屈身的卷曲榆树,
清除铁轨,落在
远处的屋顶上,红热
让房间变暗
　　　　　(但不是我们的心灵)

这时,我们站着,张大着嘴,
摇着头说,我的上帝,你
可曾见过那种事情?仿佛
完全出自我们的梦境,似乎
的确如此,我们最红的梦也无法

比拟。
    那人没入
奇迹，火变成了那人

但是可怜的图书馆（也许，
连完整的一卷书都没有了）
也必定会坍塌——

    因为它是沉默的。它
因为美德的缺陷而沉默，它
不包含你的任何东西

   本该罕见的
却是垃圾；因为它不包含
你的任何东西。他们对你吐口水，
真的，但是没有你，就什么都没有。
图书馆沉闷而僵死

   但你是死者的
梦

     美的事物！

让他们解释你,你将是
解释的中心。无名,
你将出现

      美的事物
火焰的恋人——

      可怜的死者
从火中对我们呼喊,在火中
冷却,发出呼喊——想要被打趣
被珍惜
     那些写过书的人

  我们阅读:不是火焰
  而是火灾
  留下的废墟

  不是熊熊的燃烧
  而是死者(书籍
  留下)。让我们阅读

和消化：表面
发光，只是表面。
向内挖掘——你拥有

一种虚无，被一种表面
包围，一口颠倒的钟
回响着，一个

白热的男人变成
一本书，一个回想着的
洞穴的空虚

你好，孩子：

我知道你就要开枪杀我了。但是说实话，亲爱的。我真是忙得来不及写信。这里，那里，到处都是事儿。

宝贝，我从10月份就没有写信了，所以我先回到10月31日（哦，顺便说一下，我的朋友，哈里斯夫人31日有派对，不过只有高等棕色人种和黄色人种，所以我没被邀请）。

不过我对此并不在意，因为我那天真的（给自己投一个球）很早就去看表演了，然后又去了俱乐部的舞会。(一段悠闲的时间)我感觉很好,相信我,孩子。

但是,孩子,11月1日,我确实崩溃了,你自己知道,我喝酒总是竭尽全力(用壶喝),我们出去(去纽瓦克),天在下雨,刹车打滑,车转了几圈,有点摇晃,朝着相反方向停了下来,离开了我们要去的路。朋友,相信我,接下来的几天。亲爱的,我连半桶热水都提不起来,担心烫伤自己。

现在我不知道究竟是酒还是车子打滑的缘故,但是我知道我一点儿都不紧张。但就像他们说的,结局好就是一切都好。所以11月15日,我的意思是,孩子,我喝醉了,连字母表都不认识了,我指的是我真的喝醉了,自从11月15日以来,我又旧病复发了。

但现在说到(男孩们),雷蒙德、詹姆斯他们怎么样了,西斯因为让约瑟布·米勒生了孩子而入狱了。

罗伯特·布洛克已经从莎莉·米切尔那里拿回戒指。

小逊尼·琼斯据猜测是自由街一个少女的婴儿的父亲。

莎莉·穆德、芭芭拉·H、珍妮·C和玛丽·M都要有孩子了,尼尔森·W,第三街的一个男孩,也要成为三个孩子的父亲了。

又及：孩子，你的下一封信，会告诉我怎么去那里吧。

告诉雷蒙德，我说，I bubetut hatche isus cashutute[①]
只是一种新的说话方式，孩子。它叫做 Tut（啧啧语），也许你听说过。那么，希望你能读懂。

D
J
B

再见。[②]

  后来

    美的事物

      我看见了你：

    是的，对我的

询问，房子的女主人回答说。

在楼下

   （在洗衣盆旁边）

      她微笑着，

---

① 原文如此，无意义。
② 引自多利（Dolly）写给她的女友格拉迪斯·埃娜尔斯的信。

指向地下室,仍在微笑,然后
出去,留下我和你(单独在房子里)
躺在那里,生病了
　　　　　　(我完全不认为你
病了)
　　　　　靠着墙边,在你潮湿的床上,你长长的
身体漫不经心地伸展在肮脏的床单上,

哪里疼?
　　　　　　　　(你做出假笑,
有意不想暴露)

　　　　　——两扇窗格的小窗,
我的视线与地面齐平,火炉的气味

　　　　　　珀耳塞福涅
去了地狱,地狱跟不上
怜悯的季节的进展。

　　　　——因为我被震惊
压倒,什么都不能做,只有赞赏
和俯身照顾安静的你——

你看着我,微笑,我们就这样
彼此看着,沉默着

你昏睡,等待我,等待
火和我
照顾你,被你的美震撼

被你的美震撼

      震撼。

——你平躺着,在一张矮床上(等待着)
在泥浆迸溅的窗子下,在圣洁的床单
洗不掉的脏污中

你给我看你的腿,累累伤疤(像个孩子)
是鞭子留下的

阅读。让思想回到(专注于
书页)白天的炎热。书页也是
同样的美:书页的干燥之美——

被鞭子抽打

  一张挂毯上的猎犬
用螺纹牙从独角兽的喉咙
撕扯出暗红色

  ……白色猎犬们短促尖利的吠叫
——在圣洛伦佐大教堂式的天花板下，
长长的油漆的横梁，笔直穿过，在
圆顶和拱门之前

  更加原始，方形的边缘

 一个温顺的女王，不在乎
对着月亮伸出舌头，冷漠，
经受丧失，但是

  保持威严，
在厄运中，星星的运气，黑色的星星

   一座矿场的夜晚

亲爱的心，
　　　　　一切都是为了你，我的鸽子，我的
　　　　　　　　　　　调包儿
但是你！
——穿着白色蕾丝裙
　　"垂死的天鹅"
高跟的拖鞋——你已经
那么高了——
　　　直到你的头
通过效果不错的夸张
伸向天空
和它狂喜的刺痛
　　　美的事物！
来自佩特森的男人们
　　　打败
来自纽瓦克的男人们
并告诉这些该死的家伙
离开他们的地盘
然后横着朝你的鼻子
　　　猛击一拳
　　　美的事物
为了好运气和重点

  打碎它
直到我必须相信所有
渴望的女人，每一个
  到最终
   都有一只打碎的鼻子
然后带着记号生活
  美的事物
   为了记忆的缘故
信任她们的行为

然后回到聚会上！
  他们妒忌地把你
当成男的，又当成女的
  美的事物
仿佛要去发现从何处和
  凭借什么奇迹
才能逃脱，什么？
仍然要被占有，摆脱
  什么部分
  它才能看见
美的事物？
  或者被熄灭——

三天穿着同样的裙子
  上上下下

  我够不上一半的温柔，
够不上一半的亲切
  对你，对你，
说不出话，够不上一半的爱

照亮
   你
   所在的
每   一个   角落！

  ——一束火焰，
黑色的长毛绒，一束黑色的火焰。

三

留下写得糟糕的文字是危险的。一个偶然的词语，在纸上，可能会摧毁世界。我对自己说，小心察看，擦除，当你还有权利，因为所有写下的一切，一旦泄露，就会一路腐烂下去，进入一千个心灵，把谷物变成黑穗，所有的图书馆，就会不可避免地，被烧为平地。

只有一个答案：漫不经心地写，这样，只有绿色的东西才会幸存下来。

水下运转的发动机
发出轰鸣声，螺旋桨的节奏 [①]
耳朵是水。双脚
在倾听。多骨鱼带着灯
追踪眼睛——眼睛四处漂浮，
无动于衷。碘的味道

[①] 来自 1944 年 12 月《帕塞伊克县历史协会公告》，刊有关于"第一艘成功发动的潜艇"的文章。

停滞在百分比定律上:
厚木板被虫子钻透
它们钙化的外壳
割破我们的手指,流血

我们走进一个梦境,从确定到不确定,
恰好看到,从玫瑰色的过去
一片有棱纹的尾巴正在展开

特啦啦啦啦啦啦啦
啦特啦特啦特啦特啦特啦特啦

            有灰烬的
酸腐的恶臭介入其中。随它去吧,
雨落下,溢满河流的上游,
慢慢聚集。随它去吧。聚集在一起,
一条小河接着一条小河。随它去吧。一根断桨
被搜索的水流发现。它松开
开始移动。随它去吧。旧木材
叹息——屈服。提供甜美水源的井
被玷污。随它去吧。浅水中安静漂浮的
睡莲,搁浅,像鱼一样被一根线

拖曳着。随它去吧。被它们的根茎
拉到水下,淹没在泥泞的流动中。
那只白鹤飞进树林。
随它去吧。男人们站在桥边,默默地
观看。随它去吧。随它去吧。
      　　　　　那里出现了
一个阅读的对应物,慢慢地,压倒
心灵;把他固定在椅子上。
随它去吧。他转身,哦天堂!激流
在他体内变得沉重,他的睡莲拖曳。
随它去吧。文本增加,逐渐变得
复杂,导致更多文本和那些
要概括、摘要和修订的东西。随它去吧。
直到词语松弛或者——悲哀地
固定,不动摇。不动摇!随它去吧。
因为人造拱门在坚持,水流把碎片
向它堆积,但它不动摇。他们聚集
在桥上,向下俯视,不动摇。
随它去吧,随它去吧,随它去吧。

阴沉滞重的洪水,丝绸一般的洪水
——朝向牙齿

朝向那双眼睛
　　　　　（浅灰色）

名字叫亨利。就是亨利,
　　　　　　周围的所有人
都认识我：帽子使劲
拉低在脑壳上, 胸膛厚实
年约五十

　　我来抱孩子。

是你的小狗去年咬了我。
是的, 你当着我的面让它被人杀死。
　　　（眼睛）
我不知道它被杀了。
　　你举报了它, 他们
来把它抓住。它从来没有伤害过
任何人。
　　它咬了我三次。
　　　　　　他们来
抓住它, 杀了它。
　　我很抱歉, 但是我不得不

举报它。

一条狗，头朝后垂着，在水中，四腿
向上支出：
    一层皮肤
紧绷，带着死亡的酒红色
        随着湍急的河水
顺流而下：
    在寂静之上
一种微弱的嘶嘶声，一阵沸腾，起初
几乎没有注意到

  ——头朝前！
      加速！
         ——如同
以板岩上的线条为标记，因小旋涡
变得斑驳
 （朝向牙齿，朝向那双眼睛）

    一个正式的进程

 遗骸——一个体格巨大的男人——被周边农村最
有名的战士们用肩膀抬着运走，好几个小时，他们都没有停下来歇息。但在半道上，抬运者们因为疲劳不得不暂停——他们已经走了好久，波格提库特身躯很重。于是在小路边，一个叫做"喘息男孩空洞"的地方，他们挖出一个浅坑，休息的时候，把死去的酋长放在里面。于是，这个地点就变得神圣起来，被印第安人当成了圣地。

到达墓地，葬礼队列遇见了波格提库特的兄弟们及其随从。人们表现出极大的悲恸，在悲哀中表演了"肯特·卡耶"舞。

温达赫，最显赫的兄弟，主持丧葬祭。一条他非常喜爱的狗，被带上来，他把狗杀了，把口鼻涂成红色，摆在他哥哥旁边。部落哀悼了三天三夜。

被旋涡的嘴追逐，那狗顺流
朝着黄泉而去，微不足道的东西
　　下水道
　　　　一条死狗　在水中
旋转：
　　来啊，嗤嗤！
　　　　　旋转着
经过

这是一种吟唱，一种赞美，

一种来自毁灭的和平:
　　　　　　　朝向牙齿,
朝向那双眼睛
　(切断皮带)
　　　我被咬了
几百次了。它从未伤害过
任何人
　　　无助
　　　　你当着我的面让它被人杀死。

关于默塞利斯·范·吉森,有一个奇怪的故事,可以说明当时的迷信程度:他妻子病了很久,无法下床。她躺在那里时,总有一只黑猫出现,一晚接着一晚,透过窗子盯着她看,目光邪恶而愤怒。关于这种拜访,一个不可思议的事实是,其他人都看不见这只猫。邻居们认为简被施了魔法。而且,施咒的女巫,不可思议地来拜访受害者,假扮成别人都看不见的猫,人们认为那是 B 太太,她就住在山那边的峡谷里。

快乐的灵魂!他们的恶魔住得这么近。

和他的邻居们谈论这件事的时候,有人告诉默塞利斯（他被称为赛尔），如果他能用银弹射中这只幽灵猫，他就能杀死这个动物，终结施加在他妻子身上的魔咒。他没有银弹，但他有一副银袖扣。

我们谁能这么快地想到切换
我们爱和恨的分类？

他把一颗纽扣装进枪膛，傍着妻子坐在床上，宣称他要射杀这只巫婆猫。可他如何能射中一只他看不见的动物呢？

我们的情况好转了吗？

"猫来的时候，"他对妻子说，"你就指指它的位置，我就朝那里开枪。"他们就这样等着，妻子满怀希望和恐惧地颤抖着——希望折磨她的魔咒快点结束；又担心因为丈夫竟敢这么做而有新的痛苦降临到她身上；而他，意志坚定，决心要永远结束B太太化身隐形猫加在他妻子身上的邪恶力量。他们沉默着等待了很久。

——怎样一幅夫妻忠诚的画面！同梦如一。

最后，当他们的紧张情绪因悬念达到顶点之时，简惊叫道，"黑猫在那儿！""在哪儿？""在窗台上走着，就在左下角！"赛尔飞速地抬起枪，朝他看不见的黑猫射出银弹。随着一声咆哮，那神秘动物永远地从范·吉森夫人的视野中消失了，从那一刻起，她的身体逐渐康复。

第二天，赛尔开始去现在的雪松崖公园搜寻。路上他遇见了那个疑似女巫的女人的丈夫。双方交换了一番常见的邻里之间的客套，询问各自家人的健康情况。B先生说他妻子腿上有一处伤，疼了有一段时间了。"我想看看那条受伤的腿。"赛尔说。犹豫一阵后，他被带到B先生家里，再三请求之后，最终允许他检查伤口。但是特别吸引他注意的是一处新伤，位置恰好是她上次以幽灵黑猫的形态去拜访他妻子，他的银袖扣击中那不祥动物的地方！不必说，B太太没有再做那种诡异的拜访。也许出于对她神奇获救的感恩，范·吉森夫人在1823年9月26日加入了第一长老会悔罪教堂。1807年，默塞利斯·范·吉森估价拥有六十二亩未耕种的土地，两匹马和五头牛。[1]

---

[1] 源自威廉·内尔森的《新泽西州佩特森市及帕塞伊克县历史》(1901)，第269页。

——六十二亩未耕种的土地，两匹马，
五头牛——

（治愈了狂想）

   铅之书，
他翻不起书页

 （我为什么要为这种垃圾
费心？）

   沉重的辫状物
大规模滚落，发黄，进入裂缝
惨叫着

 ——给蔓延的洪水
让路，当它在患佝偻病的大脑中
升起，得到承认

（收费公路上水深已经两尺
且还在上升）

没有安逸。
我们闭上眼睛,
得到我们要用的东西
并付账。他欠账了
谁又不会欠账,双倍。
使用吧。不问原因?
没人要我们的赞成票。

但是一个人必须再次设法
提升自己——
　　　再次是神奇的词语
　　　　　　把里面的东西翻出来:
以速度对抗洪水

他觉得他应该做更多。他在那里
遇见过一个年轻女孩。她母亲告诉她,
从瀑布上跳下去,谁会在乎?——
她只有十五岁。他感到如此沮丧。
我告诉他,你期待什么,你
只有两只手?

她说,"白色百叶窗"是个可以一看的地方。他说我和他一起会非常安全。但是我从未去过。我想去,我不害怕,但我恰恰从未去过。他有一个小型管弦乐队在那里演出,他称之为"高速帆船船员"——就像所有当时的地下酒吧一样。但是一天夜里,他们从宴会厅跳下楼来,撕掉衣服,女人把裙子甩过头顶,赤裸着,和其他人一起在一层大厅跳舞。他看了一眼,就从后窗出去了,刚好在警察到来之前,穿着他的正装鞋,跳进了河岸的泥里。①

让我看看,普拉塔港 ②
是圣多明哥港。③

曾经一度
他们不想让任何白人
拥有任何东西——
占用任何东西——说,这
是我的。

---

① 威廉斯的散文,"她"是指凯瑟琳·霍格兰,威廉斯的朋友,历史学家。
② 普拉塔港(Puerto Plata),多米尼加第二大港。
③ 圣多明哥港(Santo Domingo),多米尼加首都、全国最大深水良港。

我看见东西,

——水在这个阶段不是摇篮曲而是活塞,
同居的,擦亮的石头

      岩石
漂浮在水上(就像在卡特迈山①
浮石覆盖的海像牛奶一样白)

可以想象
鱼潜藏或
全速游动
静止在
迅猛的激流中

——它在破坏铁路路基

嗨,打开一打,干它
两打!轻浮的女孩!

———————

① 卡特迈山(Mt Katmai),位于阿拉斯加南部的火山。

　　　　你想要发怒？①

　　详细说明所有方法
　　　　　　　保留有痘痕的月亮
　　　　　　　　　　　一月的阳光

　　　　1949 年
星期三，11 日
　　　　　　（一千万倍加上四月）
——一只红色底座可颠倒的沙漏
　　　　　装满
　　盐一样的　白色水晶
　　　　　流动
　　　　　　　　为了给鸡蛋定时
为这些句子向安托南·阿尔托②
　　　　致敬，非常纯粹：
　　"对可塑性
　　　　元素的召唤"
　　　　　　　　　　　以及
　"葬礼设计"
　　　　（一个漂亮、乐观的
　　词语）　　　　以及
　　　　　"植物"
　　　　　　　　（应该加以解释
　这种情况下，"植物"不是指埋葬。）
　"婚礼花束"

---

① 原书中，此页诗句特意斜排，译文仿之。
② 安托南·阿尔托（Antonin Artaud，1896—1948），法国戏剧理论家、演员、诗人。

——这联想

是站不住脚的。

圣伊丽莎白　10月13日 ①

（re. C. O. E.　熊猫熊猫）②

看在上帝的分上，不要这么夸张
我从来没有让你读它。
更不要说重新读。我没说
它是！！很好读的。
我说那个人做过一些
诚实的工作，发展他的戏剧技巧

那并不一定意味着
让阅读成为一件重要的事情
无论如何必须有

---

① 下面4段来自埃兹拉·庞德1948年10月13日从圣伊丽莎白精神病院写给威廉斯的信，两人9月和10月的通信讨论到剧作家的问题。
② 庞德信中没有此行，是威廉斯添加的，意义不明。当庞德收到《佩特森》（第三卷）时，多萝西·庞德于1949年12月给威廉斯的信中说，"埃兹拉说《佩特森》第三卷中有很多好东西。你对熊猫感到困惑？"威廉斯回信说："我要抱歉地说，熊猫熊猫没有任何意义，只是一句胡话。"

一百本书（不是

那本）你需要阅读

为了你的心灵。

重读"洛布①丛书"里的所有

希腊悲剧——还有弗罗贝尼乌斯②，还有格塞尔。③

加上布鲁克斯·亚当斯④

如果你完全没有读过他。——

然后是戈尔丁⑤的《奥维德》

每个人书房的必备。

不过如果你想要一份阅读

书单，就问老爸——但不要

急着去读一本书

仅仅因为它被顺道

提到——那是欺诈。

---

① 洛布丛书（Loeb），一套收录西方古典作品的丛书，1911 年由詹姆士·洛布（James Loeb，1867—1933）发起和赞助。
② 弗罗贝尼乌斯（Frobenius，1849—1917），德国数学家。
③ 格塞尔（Johann Silvio Gesell，1862—1910），德国理论经济学家、社会主义者，著有《币制改革为走向社会国家之桥》(1891)等。
④ 布鲁克斯·亚当斯（Brooks Adams，1848—1927），美国历史学家，亚当斯总统之孙。
⑤ 阿瑟·戈尔丁（Arthur Golding，1536—1606），翻译家，他译成英文的《变形记》(1567)对英国文学有巨大影响，莎士比亚亦曾从中借鉴。

底层

佩特森，帕塞伊克轧钢厂，自流井。

下面是在井里发现的样本的表格记录，包括以英尺计算的取样深度。钻探于 1879 年 9 月开始，持续到 1880 年 11 月。

深度　　　矿物描述

65 英尺——红砂岩，细腻
110 英尺——红砂岩，粗糙
182 英尺——红砂岩，和少量页岩
400 英尺——红砂岩，含页岩
404 英尺——页岩
430 英尺——红砂岩，颗粒细致
540 英尺——沙质页岩，柔软
565 英尺——软页岩
585 英尺——软页岩
600 英尺——硬砂岩
605 英尺——软页岩

609 英尺——软页岩

1170 英尺——透明石膏，2 × 1 × 1/16 英寸

1180 英尺——细流沙，发红

1180 英尺——黄铁矿

1370 英尺——砂质岩石，流沙下

1400 英尺——深红色砂岩

1400 英尺——浅红色砂岩

1415 英尺——深红色砂岩

1415 英尺——浅红色砂岩

1415 英尺——红砂岩碎片

1540 英尺——红砂岩和一块高岭土卵石

1700 英尺——浅红色砂岩

1830 英尺——浅红色砂岩

1830 英尺——浅红色砂岩

1830 英尺——浅红色石头

2000 英尺——红页岩

2020 英尺——浅红色砂岩

2050 英尺——

2100 英尺——含页岩的砂岩

在这个深度钻通红砂岩的计划被放弃了，水质不适合日常使用……事实上，在与此同时期的岩层里，曾经

发现英格兰的岩盐和欧洲的其他一些盐矿,这便引出了是否也会在这里有所发现的问题。①

——朝向牙齿,朝向那双眼睛
嗯,嗯

句号

——把世界留给
黑暗
留给
我

当水退去,大多事物失去它们的形状。它们向水流的方向倾斜。泥浆覆盖着它们。

 ——富饶的(?)泥浆

但愿它只是富饶。而不是一种淤泥,残渣,

---

① 此处图表和总结源自威廉·内尔森的《新泽西州佩特森市及帕塞伊克县历史》(1901),第 11 页。

在这种情况下——一种脓疱状的浮渣，腐败，窒息
死气沉沉——都会在后面留下阻塞的泥土，
粘住沙底和发黑的石头——以至于
它们需要冲刷三遍，因为
一种吸引人的破碎，我们把它们挖出来用于花园。
一种刺鼻的、令人作呕的恶臭散发出来，几乎可以
说是一种颗粒状的恶臭——污染心灵

如何开始寻找一个形状——开始，再次开始，
翻个底朝天：找到一个词组
可以愉快地和另一个并排躺在一起？
——似乎无法实现。

美国诗歌是个很容易讨论的话题
原因很简单，它并不存在

退化。从日历上撕下
一页。全部忘记。把它
交给那女人，让她
重新开始——随着昆虫一起
腐败，腐败和随后的昆虫：
树叶——曾被沉渣

罩上光泽，落下，混乱物
因为腐败而变得零碎，
一种消化开始了

——由这个，由这个创造它，这个
这个，这个，这个，这个

在挖泥船卸下负载的地方，
某种东西，一棵白色蛇麻草
用绳状根须（铁的）
抓住沙子——在曾是旧农场的地方
它们大片地开花，在那里
一个男人打断了他妻子
患癌症的下巴，因为她
太虚弱，太痛苦了，也就是说，
无法在田里为他干活了
像他认为她应该的那样

这样思忖着，他为她
创作了一首歌：
为了让她读着
开心：

* * *

冬天的鸟儿
和夏天的花儿
是她的两种欢乐
——掩盖她隐秘的悲哀

爱情是她的悲哀
因此她在心里
时时渴望着欢乐
——一个她永不会暴露的秘密

她的哦是啊
她的啊是哦
而她悲哀的欢乐
和鸟儿一起飞翔
和玫瑰一同绽放

——浮肿消退

谁在说起四月？某个

发疯的工程师。没有重现。
过去已逝。女人们是
守法主义者,她们想要拯救
法律框架,一具实践的
骷髅,一个焙烧的过去的
网状组织,蜜蜂们
将用蜂蜜将其充满

它尚未完成。渗漏
已经腐蚀了帷幕。网格
溃烂。肉体从机器上
松弛,不要再建造
桥梁。通过什么样的空气
你将飞越大陆?无论如何
让词语落下——它们可能
歪打正着地击中爱情。那将是一次稀有的
访问。她们想要拯救的太多,
洪水已经发生效力

向下,在鱼群中窥探。你
希望拯救什么,肌肉外壳?
这是一个海螺化石(足够奇异的

一块镇纸),泥浆

和贝壳被就近的永恒烤成

一种混杂物,坚硬如石,充满

细小的贝壳

——被不断的脱水烘烤成

一个贝壳状的结晶——出现在

一个古老的牧场,其历史——

甚至其部分历史,是

死亡本身

   韦辛格托里克斯[①],唯一的

英雄

让我们把金丝雀送给

那耳聋的老妇人;当它张开喙

对她发出嘘声,她会以为

它在唱歌

[①] 韦辛格托里克斯(Vercingetorix,约前 82 年—前 46 年),曾领导高卢起义,反抗凯撒率领下的罗马征服。

纸浆还需要进一步浸泡吗？
拆下墙壁，欢迎
非法进入。毕竟，那些贫民窟
除非它们（正在使用）
被彻底摧毁，否则无法
重建

词语将不得不重新用砖堆砌起来，
——什么？我正在走近什么

倾泻而下？

当一个非洲伊比比奥人在战斗中被杀，他近亲中的已婚女人们会去收尸。男人不准触碰尸体。一路边哭边唱，守望者们把死去的战士抬到林间空地"奥沃卡菲"——那些突然死亡者的归属地。她们把尸体放在新鲜树叶铺成的床上。然后从神树上砍下幼枝，在战士的生殖器上挥舞，把生殖力吸取到树叶里。这个仪式必须对男人和未婚女孩保密。只有在体内感受过男人生殖力的已婚女子，可以知道这个生命的秘密。这是她们伟大的女神托付给她们的，"在女性而非男性占支配地位的时代，守护这个秘密决定了部落的强大。

这些仪式一旦泄露——就会很少甚至没有婴儿出生，粮仓和牛羊不会增加，未来几代战士的手臂也会丧失力量，心灵失去勇气"。仪式过程中伴有悲哀的低吟，只有这些战士的妻子有权唱歌，甚至了解整个仪式。[①]

——一百年后，也许——
这些音节
  （具有天赋）
    或许
有两次人生

有时需要更长的时间

我不止分担了你的罪，甜蜜的女人。
番荔枝是所有热带水果中
味道最美的 我或者抛弃你
或者放弃写作

  我昨天一整天都在想她。你知道她已经死了四年

---

① 引自索菲·德林克（Sophie Drinker）的《音乐与女性：女性与音乐关系的故事》，1948年，第11页。

了？那狗娘养的只需要再服刑一年了。然后他就会出来，对此我们什么都做不了。——我猜测是他杀了她。——你知道，他杀了她，就那样枪杀了她。你还记得那个到处跟着她的克利福德吗？那个可怜的人！她要他做啥他就做啥——世界上最无害的生灵；他一直在生病。小时候得过风湿热，不能再离开家。他给我们写信，让给他寄一些黄色笑话，因为他不能自己出门去听了。我们两个都想不出什么新笑话寄给他。①

过去在上，未来在下
现在倾泻而下：咆哮，
现在的咆哮，一种语言——
必然，是我唯一关心的东西。

它们猛冲，它们在狂喜中跌落
或者故意为之，为了一个终结——

---

① 说话者系贝蒂·斯特德曼（Betty Stedman），参见本书第二卷中有关母狗慕斯提的注释。她的朋友埃利诺·马斯格洛夫·布瑞顿·马克于1946年6月24日被自己丈夫开枪打死，这位丈夫对警察说他把她误认为是小偷了。而斯特德曼认定是谋杀，为此痛苦了好几年。埃利诺也是威廉斯的患者，提到克利福德是因为斯特德曼认为，如果埃利诺嫁给了他，这一切就不会发生。此事件过后不久，威廉斯写了短篇小说《农场主的女儿们》，主题就是这两个女子之间的友谊。

咆哮，无情地，见证着

既不是过去，也不是未来

没有凝视，失忆——忘却。

语言瀑布般落入

无形，之外和之上：瀑布

是其可见的部分——

直到我用它创造了一个副本

我的罪恶才能得到宽恕，我的

疾病才能痊愈——在蜡中：圣罗科小教堂①

在古老铜矿的

砂岩峰顶——在那里我常常看见

胳膊和膝盖的形象

挂在钉子上（蒙彼利埃）

没有意义。但是，除非我离开它

找到一个地方，我就还是它的奴隶，

---

① 圣罗科（San Rocco，1348—1376），天主教圣徒，生于蒙彼利埃，信众呼唤其名以对抗瘟疫。

它的睡眠者,不知所措——迷惑于
距离。我无法待在这里
凝视着过去而度过一生:

未来没有答案。我必须
找到我的意义,白色的意义,
安放在流水旁:我自己——
梳理语言——或者屈从

——无论情况如何。让我
出去!(好,走吧!)这种修辞
是真实的!

第四卷

(1951年)

奔向海洋

一

一首牧歌

科尔登[①]**和菲丽丝**

两个傻女人!

(看,爸爸,我在跳舞!)

那是什么?

我什么都没说
除了你看起来不傻

---

① 科尔登(Corydon),这首维吉尔式牧歌中的一位同性恋女性。

语义学,我亲爱的

　　——我知道我不傻

哎呀!你的手像男人,某一天,
甜心,当我们彼此更加了解
我会告诉你一些事……
谢谢你。非常满意。我的秘书
将带着给你的钱在门口
不。我更喜欢那样

好吧
　　　再见

小姐。嗯

　　　菲丽丝

你瞧[①]!我会给代理打电话

---

① 原文为法语"Tiens"。

等到了明天,那么,菲丽丝,同样时间。
我很快就能走路了,是吗?

  为什么不能呢?

一封信

  哎,大人物,我拒绝回家,除非你答应戒酒。你说妈妈需要我,还有所有那样的胡言乱语,都没用。如果你真为她着想,你就不会继续这样做了。也许你们家曾经拥有整个山谷。现在它是谁的?你需要的是被断然拒绝。

  作为一名职业妇女,我在大城市过得很愉快!啊哈!相信我,这里钱很多——如果你能赚得到。就你的头脑和能力,这就是你的肉。可你宁愿酗酒。

  那对我无所谓——只是我不会整夜在床上和你纠缠了,因为你患了震颤性谵妄症。我受不了,对我来说你太强壮了。所以你要下决心——非此即彼。

科尔登和菲丽丝

你今天怎么样,亲爱的?

  (她现在叫我亲爱的!)

你能过什么样的生活
在那个可怕的地方,拉–查–莫
你说是吧?

  拉马波

     应该是,
我真笨。
  对了。
     那是什么?
你真该大点声儿说话
  我说

     不要紧。

你提到一个城市?
  佩特森,我在那里乘火车

佩特森!

是的,当然。尼古拉斯·莫里·巴特勒[1]出生的
地方。

还有他妹妹,跛脚的那个。他们
过去在那里有几家丝厂
直到工会毁了它们。太糟糕了。灵巧的
手!我完全忘了自己
有些手是银的,有些是金的,还有
非常少的人,比如你,是钻石(我要是能留住你
该多好!)你喜欢这里吗?去
看看窗外

那是东河。太阳在那边升起。
再过去,是布莱克威尔岛。福利岛,
城市岛,别管人们现在怎么叫它
那里是城里的小罪犯们,穷人,
退休的老朽和疯子的安身之所

我和你说话的时候要看着我

---

[1] 尼古拉斯·莫里·巴特勒(Nicholas Murray Butler,1862—1947),美国哲学家、政治家、外交官和教育家,1931年诺贝尔和平奖得主。

　　　　　　——然后
三块岩石慢慢变窄,没入河水
那是这片环境中仅存的自然,原始的
部分。我把它们叫做我的羊

　　　　羊,嗯?

它们很温顺,不是吗?

　　　　怎么想到的?

也许是孤单吧。那故事很长。
做它们的牧羊女吧,菲丽丝。而我
就做科尔登,我希望,这不是冒犯?
菲丽丝和科尔登。多么可爱!你
喜欢杏仁吗?

　　　　不。我讨厌各种
坚果。它们卡在你的头发里,你的
牙齿里,我是说。

一封信

别碰东西。我可以照顾自己。如果不能,那又如何?

这是一份生计,我要做的是给她"按摩"——我懂什么按摩啊?我只是摩擦她,我怎样摩擦她!她喜欢那样!她付钱!哦,天哪!我就这样摩擦她,读书给她听。这里到处都是书——各种语言的书!

可她是个疯子,最严重的那种。今天她给我讲到河里的一些岩石,她称之为她的三只羊。如果它们是羊,我就是英国女王了。它们的确是白色的,可这是因为海鸥整天在它们上面拉屎。

你应该看看这个地方。

今天河上飞过一架直升飞机(?),寻找一个自杀者的尸体,一个学生,和我年龄相仿的女孩(她说自己……是一个印度公主)。就在今早的报纸上,不过我没留意。你应该看看那些海鸥围绕它盘旋的样子。它们发疯了。

科尔登和菲丽丝

你一定有很多男朋友,菲丽丝

   只有一个

不可思议!

     我现在只对一个人
感兴趣

他是什么样子的?

    谁?

你的恋人

哦,他呀。他结婚了。我
还没有机会和他在一起。

你这轻浮的女孩!你们一起做什么?

菲丽丝和佩特森

    你开心吗

我来了你开心吗?

开心? 不, 我不开心

    从来都不开心?

嗯
    这沙发看起来
很舒服

诗人

啊, 佩特森! 啊, 已婚男人!
他是廉价旅馆和私人入口的
城市, 门口有出租车的城市,
小车在雨中停着, 一个又一个小时
在路旁旅店的门口

再见,亲爱的。我有过一段美妙的时光。
等等!有什么事情,可是我忘了
是什么,有什么事情
我想要告诉你。完全不记得了!彻底忘了。
那么,再见吧。

菲丽丝和佩特森

你能待多久?

待到六点半,我得去
会男朋友

脱下你的衣服

不。我很擅长那么说。

    她站着
安静地等着被脱下衣服

纽扣很难解开

这是我爸爸最好的
一件东西。你今早应该听见他
说的话,当时我在
剪辫子

他拉开白
衬衣,把带子滑到
一边

  光荣归于上帝

  ——然后脱下她的衣服

  光荣归于所有的圣人!

  不,只是宽肩膀的

——在沙发上,亲吻和交谈,同时
他的手探索着她的身体,缓慢
彬彬有礼,坚持不懈

小心
我得了重感冒

这是今年
第一次。上个星期
我们冒着雨
出去钓鱼

和谁？你父亲？
——和我男朋友

飞蝇钓法？
不。钓鲈鱼。可是

季节不对。我知道
但是没人看见我们

我被淋透了
你会钓鱼吗？

哦我有鱼竿和线
钓着看看吧

我们钓了不少

科尔登和菲丽丝

早上好,菲丽丝。你今天早上很漂亮(平常的样子),我好奇你是否知道自己有多可爱,菲丽丝,我的小挤奶女工(那很好!幸运的人!),我昨晚梦见你了。

一封信

我不在乎你说什么。除非妈妈亲自给我写信,说你已经戒酒了——我是说戒酒——否则我不会回家的。

科尔登和菲丽丝

你来自什么家庭,菲丽丝?

我爸爸是酒鬼。

那真是太谦逊了,超过环境所需。永远不要以你的出身为耻。

我没有。这仅仅是事实。

事实！这是美德，我亲爱的，如果有人有！只是作为总体才有趣，这一点你会发现。或许你已经发现它是如此了。那就是我们的基督教义：不拒绝，而是宽恕，慷慨的女儿。你和男人上过床吗？

你呢？

好枪法！凭这个身体？我想我是马，而不是女人。你见过我这样的皮肤吗？这么多斑点像珍珠鸡

只不过它们的斑点是白色的。

也许，更像一只蟾蜍？

我没有那么说。

为什么不呢？这是事实，我的小俄瑞阿得①。不

---

① 俄瑞阿得（Oread），希腊神话中的山岳女神。

服输的人。让我们换换名字。你是科尔登!我演菲丽丝。年轻!无知!可以清晰地听到投掷苹果的声音、潘神蹄子的跺脚声和喧闹声。等于什么都没有。

菲丽丝和佩特森

> 看看我们!你为什么
> 折磨自己?
> 你认为我是处女。

> 假设我告诉你
> 我有性经验。那么
> 你会说什么?
> 你会说什么?假设
> 我告诉你那个

> 她向前倾身
> 在半明半暗的光中,
> 靠近他的脸。告诉
> 我,你会说什么?

> 你有过很多恋人吗?

没有人像你这样
对我动粗。看,
我们都满身大汗。

我父亲想给我弄一匹马

有一次,我和一个男孩出去
我刚认识他不久

他要求我……
不行,我说,当然不行!

他表现得很吃惊。
为什么,他说,大多女孩

都渴望那个。我
以为她们都那样

你应该看过
我的眼睛。我从来没有听说过
这种事儿。

我不知道为什么不能把自己给你。一个像你这样的男人应该拥有想要的一切。我猜我是太在乎了，麻烦就在这儿。

科尔登和菲丽丝

菲丽丝，早上好。这么早你能喝一杯吗？我给你写了一首诗。最糟糕的是，我要读给你听，你不一定会喜欢。但是见鬼，还是接受它吧，你最好还是听听。看我抖的！或者，最好让我给你读一首短的，开头是这样的：

如果我贞洁
谴责我吧
如果我生活幸福
谴责我吧
世界是
不公正的

有意思吗？

意思不大。

好吧,还有一首:

你这个做梦的
 共产主义者
你想要
 去哪里?

去世界的尽头
 通过什么?
化学
 哦哦哦哦

那将是
 真实的
尽头
 你这个

做梦的共产主义者
 不是吗?
一起去吧

一起去吧

"说着她扯开她的腰带。"再给我一杯。当我想要出去时,我总是脸朝下着地。但在这里开始了!在这里。这就是我一直努力的方向。它叫做《科尔登,一首牧歌》。我们将跳过关于岩石和羊的第一部分,从直升飞机开始。你还记得吗?

把海鸥赶到云层里
嗯,不再有森林和田野。所以
只有现在,永远的现在

一只呼呼作响的翼龙
一个人工发明,让人想起达·芬奇,
在地狱门①的水流中搜寻一具尸体,
以免被海鸥啄食
它的身份和性别,连同它的希望,
它的绝望,它的痣和疤痕
牙齿和指甲,不再能够辨认
就此消失

---

① 地狱门(Hellgate),指纽约市哈莱姆河与东河在阿斯托里亚海岸的汇合处,也是一座壮观的铁路桥的名字。

所以只有现在，
　　　　永远的现在

海鸥们，绝望的漩涡，盘旋，鸣叫
做出狂野的反应，直到那个东西
消失，然后，纷纷争抢着，为了生存
四处散开，又重新在中心点聚拢
光秃的石头，三块港口的石头，只除了
那无用的
　　　　　　　未被亵渎

它腐臭难闻！

如果这是押韵，甜心
　　　这样的押韵，可以让
嘴巴始终无法合上

但是它的韵律是事物本身，没有谁
　　　能够奢望一种润色
让他的心灵保持简洁，
　　　适合行动
像我计划的这种行动

——把我的手向上翻
保持张开，对着雨
　　　他们的死亡
让我忧虑，发现没有人准备好
　　　除了我自己

　　傻瓜！那之后，来一个故事如何，有点儿
异国风情的，有点儿劲道的？来掩盖我的尴尬？如何？

当然。

跳过它。

　　　戒指是圆的
　　　但是无法束缚
　　　尽管它可以
　　　让恋人的心灵剧跳

　　　　菲丽丝，我想
我现在好多了……你想不想
和我去什么地方钓鱼？你喜欢钓鱼

我可以带上我父亲吗?

不行,你不能带你父亲。你现在是大姑娘了。和我一起待一个月,在树林里!我已经让步了。不要马上回答。你从来没有去过安第科斯蒂岛?

它是什么样子,披萨?

菲丽丝,你是个坏女孩儿。让我继续我的诗吧。

亲爱的爸爸:

你好吗?你乖不乖?因为她想要我和她一起去钓鱼。要去一个月!你觉得如何?你会喜欢的。

是那样吗?好,你知道要在哪里下车。我认为你不会来这里。因为如果你来了,我就永远不回家。而且你没有戒酒!别想捉弄我。

好吧,如果你认为我有危险,你就学会守规矩吧。你是软弱还是怎么的?但是我不想再经历一遍了。永远不要。别担心,我告诉过你,我可以照顾自己。如果出了什么事,那又如何?怪就怪我有个酒鬼父亲吧

你的女儿

菲

菲丽丝和佩特森

这件裙子被汗湿透了。我得
把它洗干净
它拉得高过了肩膀。
在它下面,是她的长袜

粗壮的大腿

让我们阅读,国王
轻轻说。让我们

再次离题,王后说
声音甚至更轻

连眼都不眨

他温柔地把她的乳头
含在嘴里。不
我不喜欢它

…………

科尔登和菲丽丝

你记得我们是在哪儿停下的吗？在第 45 街隧道
入口处，让我们看看
    房子张贴了公告：
不适合人类居住　等等　等等

啊是的

       被谴责了
但是谁被谴责，河下的隧道
从哪里开始？你们走进这里 ①

再次来访！在地下，在岩石下，在河流下
在海鸥下，在疯狂下

人流被吞没，消失
永不　出现

------

① 此处原文为意大利语 "Voich'entrate"，见但丁《神曲·地狱篇》第三首开头第九行，"你们走进这里的人，捐弃一切希望吧"。

一个声音在喧嚣中呼唤(为什么还有
满车的报纸?),大声宣告
没有智慧可以逃避,没有韵律
可以覆盖的新闻。必要性抓住词语,寻找
借口,爱情被玷污,被诽谤

我想要泄露事实,关于那件事。

你为什么不呢?

这是一首**诗**!

    被玷污
却抬起它的头,忍受沧桑巨变!
被夺去眼睛,头发
牙齿被踢掉,痛苦地浸没
在黑暗中,一种阉割,不被列入
清单,将做好准备!适合
服务于(有寄生虫的鳟鱼,吃鲑鱼卵,
透过耀眼的光向上望,玻璃
项链,如画的农村风物
没有价值)纸浆

而在高层建筑里
（上下滑动）那里是
赚钱的地方
　　上上下下
　　　　定向导弹
在高层建筑油腻的竖井里

他们迟钝地站在笼子里，在剧烈的运动中
静止
　　　但警觉！
　　　　　　　掠夺性思维，
无动于衷
　　没有造成不便
　　　　　　　　雌雄不分，上上
下下（没有翅膀拍动），钱就是
这样赚的，使用这样的插头。

　　　　　　午餐时间
卫生间里，女人和女人
挤在一起（或者男人和女人，有什么区别？）
他们脸上的肉消失了
只剩下脂肪或软骨，没有可辨认的

轮廓，固定在僵硬、脂肪或硬化中
面无表情，彼此相对，所有的脸
都是一个模子（罐装鱼）

请向后走，面对大门！

钱就是这样赚的，
   这样赚的
     挤压在一起
兴奋地谈论着下一个三明治
从一只手那里，读到某个学生，
浸透了水，随着昨夜的雷雨
浮上水面，肉体
眼泪的肉体和战斗的海鸥

    啊 我要哭了！
在你年轻的肩膀上，为我所知的一切哭泣。
我感觉如此孤单

菲丽丝和佩特森

我想我会上台，

她说,发出不以为然的笑声,
嚯,嚯!

你为什么不呢? 他回答
尽管你的腿,我担心,会
拖累你

科尔登和菲丽丝

  和我一起,菲丽丝
(我不是西迈塔①)在你所有的天真可爱中
这些带刺的流言不会撕裂
  那甜美的肉体

听起来仿佛我要吃了你,我得改变一下。

  来和我去安蒂科斯蒂岛,那里的鲑鱼
  躺在浅水中,在阳光下产卵

---

① 西迈塔(Simaetha),一种跳蛛,亦可引申到古希腊田园诗人忒奥克里托斯《女巫》一诗中饱受爱情折磨的女子。

我想那是叶芝

——我们将要钓鲑鱼

　　不，我认为那是叶芝

　　——而它的银色
将是我们的纹章和奖赏（什么是奖赏？）
挣扎着被拖曳

　　相信我，它在扭打！

　　从冰冷的水中

我希望你能来，亲爱的，我的帆船已储存充足，准备就绪了。让我带你去进行一次天堂之旅！

我很想看看那个。

那么为什么不来呢？

我还没准备好去死，甚至为了那个去死。

你不需要。

亲爱的爸爸：

最后一次！

信不信由你，今天一整天，我们沿着人们叫做北岸的地方一路航行，去我们钓鱼的地方。安蒂科斯蒂岛，它听起来像是一种意大利菜，可实际上是法国菜。

人们说，它是荒野，但是我们有出色的导游，一个印第安人，我想，但不确定（也许我会嫁给他，在那里度过余生），无论如何，他会说法语，小姐们和他说法语。我不知道他们在说什么（我也不在乎，我可以说我自己的语言）。

我眼睛几乎都睁不开了，这个星期我几乎每晚都在外面。继续。我们船上有酒，大多是香槟。她给我看过，有二十四箱，为派对准备的，但是我不想喝，谢谢。我会坚持喝我的朗姆和可乐。别担心。告诉妈妈一切都好。不过要记住，我经受住了。

菲丽丝和佩特森

你认识那个高个子
黑皮肤长鼻子的女孩吗?
她是我朋友。她说
她明年秋天要去西部。
我尽力在节省
每一分钱。我打算
和她一起去。我还没有
告诉妈妈。

你为什么折磨自己?我无法思想
除非你赤裸。我不会责怪你

如果你打我,揍我,
无论怎样。我都不会

给你那么多尊重。什么!你说什么?
我说我不会给你那么多

尊重。那就是一切?

恐怕是的。某种我会一直渴望的

事情,你已经注意到了。和我说话。
现在不是时候。你为什么让我

来这里?谁知道,为什么你这样做?我喜欢
来这里,我需要你。我知道

希望我能从你那里得到它,未经
你同意。我已经输了,不是吗?

你已经输了。拉下我的衬裙
他仰面躺在沙发上。

她来了,衣冠不整,骑跨在他身上。
我的大腿骑得酸疼

哦让我喘口气!我结婚后
你什么时候一定要带我出去。如果那是

你想要的

科尔登和菲丽丝

你提到过的这些男人中
有人带你出去过吗?
——有他吗?

没有。

好。

有什么好?

那么你还是处女!

这和你有什么关系?

二

你当时还不到十二岁,我的儿子
  也许十四岁,高中生年纪
那时我们一起,
  我们两个都是第一次,
去听讲座,在医院楼顶的
  日光浴室,有关原子核
裂变。我希望
  帮你发现一种"兴趣"。
你听了

  砸烂这个,辽阔的世界!
  ——如果我可以为你这样做——
  砸烂这个辽阔的世界
  一个腐臭的子宫,一个污水坑!
  没有河流!没有河流
  只有沼泽,一片……洼地
  陷入心灵或者
  心灵陷入它,一个……?

诺曼·道格拉斯（《南风》）对我说，一个男人能为儿子做的最好的事情，是在他出生时就去死

我给你另一个问题，比你自己还大的问题，让你去对付。

去重新开始：

（你妈妈说，我错过的，是诗，第一部分的纯诗）

月亮正当上弦月。
　　当我们靠近医院时
它上面的空气，已经吸收了
　　穿过玻璃屋顶的光照
似乎在燃烧，在和夜的女王竞争。

　　房间挤满了医生。
这男孩多么苍白，多么年轻
　　在那些猪猡中间，我自己
也置身其中！他们超过他的
　　只是在阅历方面，那个药物，
坐直身子听他们谈话：

化合价

一个女护士,很多年
  一个未孵化的太阳腐蚀着
她的心灵,通过残忍的
  书籍,吃掉一层暂时性的
外壳

居里(影后)①
  在巴黎大学的讲台上
半英里宽!孤单地走着,
  仿佛是在森林里,一片
(思想)大森林的寂静
  在集合之前
(波兰小保姆)接受了
  国际声誉(一种
药物)

上来吧!上来吧姐妹

---

① 居里(影后),指米高梅电影《居里夫人》,由葛丽亚·嘉逊主演,1943年发行。

获得救赎（分裂痛苦的

原子）！比利·桑戴①，福音传道者

前右外野棒球手准备

接住疯狂一球

     此刻

他站在桌子上！双脚，歌唱

（一首脚的歌）他的双脚被封圣

     因为由

美国工厂主协会支付了工资

去"破坏"罢工

让那些狗娘养的家伙各就其位，

效法基督，召唤他们回到上帝那里！

——在离开小镇的前夜

---

① 比利·桑戴（Billy Sunday，1862—1935），美国福音传道者，出生于衣阿华州的埃姆斯。1883年至1891年，曾是美国职业棒球大联盟（MLB）选手。1896年，他开始在各种信仰复兴集会上巡回传道，1903年，被任命为长老会牧师。他色彩鲜明的风格和充分发挥音乐家和唱诗班作用的传道使他极受欢迎。威廉斯此处涉及该传道者1915年对佩特森的访问以及他的棒球生涯。

在最后的晚餐后（在汉密尔顿酒店）
他在房间得到了两万七千美元，筋疲力竭
要努力分裂（分裂
人格）那本垒板
　　　　怎样的一条手臂！

来到耶稣面前！有人帮助
那位老妇人走上台阶，来到耶稣
面前，现在所有人都在一起，
献出你的一切！

　　　　　照亮
　　　你所在的
角落！

亲爱的医生：

　　尽管时间有其灰色的秘密，我对这些青春多雨的日子也抱有自闭性的疑惑，我还是想要出现在你熟悉的佩特森，我希望你会欢迎我，一个对你来说陌生的年轻诗人，而你，一个陌生的老诗人，住在这个世界上同一个生锈的县里。我写这封信，不仅或多或少依照古代谦恭哲人的风格，他们穿过世代认出彼此都是缪斯兄弟般的孩子（他们熟知那些女神的名字），而且就像此地有公民身份的中国人那样，他们的煤气罐、垃圾场、泥泞的小巷、磨坊、殡仪馆、河景——是啊！还有瀑布本身——都是用瀑布的白胡子编织出的形象。

两年前我曾短暂地拜访过你（我当时二十一岁），为一家地方报纸采访你。我用精致简练的风格写了个故事，但是遭到了大幅删改，一周后发出来时像一个出卖了你的矫揉造作的笑话，我猜你也不想看见它。你客气地邀请我回来，但是我没有，因为我无话可说，除了乌云蔽日的景象，我无法就你自己或者我自己的具体情况向你说话。这种仍在萦绕着我的失败之感有所减轻，我觉得我已准备好再次接近你。

至于我的经历：1943年以来我断断续续地在哥伦比亚大学就读，不在学校学英语的时候，我会在各地工作和乘船旅游。我获得了几个诗歌奖，编辑了《哥伦比亚评论》。我最喜欢范·多伦。后来我在美联社做送稿件的勤务工，去年大部分时间在精神病院度过：现在我回到了佩特森，七年来这里第一次成了我的家。我在这里做什么还没想好——首先要在这里和帕塞伊克县的一家报纸找份工作，可到目前还没有成功。

我的文学爱好是写《皮埃尔》和《骗子》的麦尔

维尔，在我这一代人中，我最喜欢杰克·凯鲁亚克，他今年出版了第一本书。

我不知道你是否喜欢我的诗——也就是说，你自己的创造力的持久性，在多大程度上会排斥并非独立的或者青年人的尝试，他们要去完善、更新、美化旧的风格或抒情机制，使之成为当代的现实，我用它来记录和云彩的想象的斗争，这是我一直关注的。随信附了几首我的最佳作品。我所做的一切都有一个程序，无论是否是有意识的，从一个阶段到一个阶段，从情感崩溃的开始，到来自云彩的雨滴瞬间变得有形，再到人类客观性的更新，我认为它和"事物之外别无思想"最终是相通的。不过这最后的发展我还在努力转化成诗的现实。我为自己想象了一种新的话语方式——至少不同于我已经写下的——它必须清晰地陈述苦难的事实（不是苦难本身），还有穿过佩特森的主观漫游的壮丽，如果它存在的话。这里是我所说的记忆中的自然家园，我不是为了诗而追随你的轨迹：尽管我知道你会很开心，意识到你的社区至少有一个真实的公民通过你的作品继承了你的经验，努力去热爱和了解他自己的世界城市，那是一种你几乎不曾想象会取得的成就。我看到它是苦难（就像来自我的幻想的潮水），但主要的是我自身携带的壮丽，这也是所有自由的人都具备的。但是回到先前的几句话,我可能需要一种新的韵律,尽管我对你的风格有一种鉴别力,我很少完全像你一样运用节奏、诗行的长度、有时的句法,等等,而且我不能把你的作品当作一个立体物来看待——我认为你恰当地声明了它们的特点。我不懂韵律。我也没有怎么运用过它,当然,这一定是差别所在。但是我想就这一点和你具体讨论一下。

我附上这些诗。第一首会告诉你两年前我在哪里。第二首是一种难懂的抒情诗,我本能地试图模仿——克兰、罗宾逊、退特和古英国人。还有,《裹尸布裹着的陌生人》(第三首)作为一首诗不那么有趣(或不够真诚),但是它把对事物的观察和有关虚空的古老梦境联系起来——我真的梦见过一个戴着帽子的古人。但是这个梦已经变得与我自己的深渊等同了——笔直街道上的伊利铁轨下面那老烟枪的深渊——所以,裹尸布裹着的陌生人(第四首)是以佩特森或美国任何地方的一个沧桑老流浪汉的内心来说话的。这只是写了一半的诗(利用了我得自梦中的几个句子和一个场景)。就裹尸布裹着的陌生人的游荡,我构思了一部长诗。接下来的(第五首)是一首早期的诗《无线电之城》,一首写于病中的抒情长诗。然后是一首疯狂的歌（由格劳乔·马克斯演唱，波普音乐为背景）（第六首）。第七首是古老的民谣风格的鬼梦诗。然后，是一首关于抽象思想的《落日》赞美诗（第八首），是出院前写的。最后一首《审判颂》是刚写的，还没完成（第九首）。这一切结果如何我还不清楚。

我知道你收到这封信时身体康健，因为我看见你这个星期在纽约博物馆演讲。我跑到后台去想和你说话，但又改变了主意，对你挥挥手就跑掉了。

谨上，

A. G.[1]

巴黎，五楼的一个房间，面包
牛奶和巧克力，几个
苹果，还有要运走的煤
煤球，它们特殊的气味，
黎明时分：巴黎
柔和的煤的气味，当她

---

[1] 源自艾伦·金斯堡1950年3月30日的信，《佩特森》中引用了三封金斯堡的书信，此为第一封。金斯堡曾在佩特森上中学。

靠在窗子上
在出发去工作之前

——一座熔炉，一种腔痛
朝向裂变；一个空洞，
一个女人等待被填满

——元素的光辉，
水流的猛涨！
来自奥地利的沥青铀矿，
铀的化合价，莫名地
升高。居里，这个男人，放弃
他的工作去支持她。

但是她怀孕了！
　　　　　可怜的约瑟，

意大利人说。

荣耀归于最高的上帝
而在地球上，和平，亲善
归于人类！

信或不信。

铀的化合价中
一种失谐
带来了发现

失谐
（如果你有兴趣）
引出了发现

——切开
障碍物，留下
一种不同的金属：

氢气
火焰，氦气
孕育的灰烬

——大象需要用两年

爱情是小猫，一个令人愉悦的

东西，一声咕噜和一次

跳跃。追逐一根

线绳，抓挠，喵喵叫

用一只爪子拍球

一只有护套的爪子

爱情，打破原子的大锤？不，不！对手的

合作是关键，利维[1]说。

托巴斯爵士（坎特伯雷朝圣者）（对乔叟）说

  不要讲了——

  你那单调的诗韵

  不值一文

——乔叟似乎也这样认为，因为他停下来，以散文形式继续

案例报告

  案例一——M. N.，白人女性，三十五岁，儿科病房护士，之前没有肠道功能紊乱史。和她同住的一

---

[1] 利维（Hyman Levy，1889—1975），苏格兰数学家、哲学家和政治活动家、《面向现代人的哲学》的作者，书于1938年在纽约出版。

个妹妹患过痉挛和腹泻,后来我们发现是源于变形虫病。1944 年 11 月 8 日,在按月例行检查该护士送来的粪便时,发现了蒙得维的亚沙门氏菌阳性。该护士立刻全薪离职,这种措施被证明有利,因为医院人员在上报腹泻症状时,不必担心经济报复。[1]

——笨重的肚子,充满
思想! 搅动坩锅
在医学院学生
用于解剖的旧棚屋。
冬天。雪透过裂缝

  可怜的学生
在我三十岁的时候
用变得粗糙的手
以时计、以天计、以周计地劳作,
几个月后,得到了

蒸馏器底上的一点污渍

---

[1] 引自《美国医学会杂志》1950 年 7 月 29 日出刊的第 143 期第 1136 页的一篇文章,文章标题为《医院中不明显的沙门菌感染》,作者为约瑟夫·费尔森、阿尔弗雷德·威尔和威廉·沃拉斯基。

没有重量,一种失败,
一种虚无。然后,夜里返回
发现它

  放出奇异的光!

  10月12日,星期五,我们在岸边抛锚,准备上岸。我派人去找水,有的带着武器,其他人拿着大桶:因为有点远,我等了他们两个小时。
  其间,我在树林中散步,这是我知道的最美妙的事情。[1]

知识,污染物

铀,复杂的原子,裂变着,
一个城市本身,那复杂的
原子,总是以裂变
来引领。
  但是把那一切,给予一个
曝光胶片,将会有所揭示

---

[1] 引自威廉斯在他1925年的《美国性情中》第25—26页中关于哥伦布的章节,这个段落来自对哥伦布的《日记》的改写。

于是,她用粗糙的双手
     搅动

而爱情,痛苦地争辩着,等待
心灵宣称自己在梦中
并不孤单

像你这样的男人应该拥有想要的一切

  不是半梦半醒
等待太阳分开破烂的
云的阴唇,而是一个男人(或者
女人)如愿以偿

    臭名昭著!
善于思考,玩弄词语
遵循一个周期表,它是思想的
综合,对于他来说是一个象征,
太阳升起!一个门捷列夫,元素
根据分子质量排列,特性
在发现之前得到预测!还有

啊，最强大的连接，一颗珠子
位于一根弦穿过的
大陆之间

啊，夫人！
这是秩序，完美而受到控制
唉，帝国就建立在它上面

但是可能会产生，一种污染物，
另一种放射性金属
一种失谐，除非周期表说谎，
可以治疗癌症，一定就躺在
那灰烬里。氦加上，加上
什么？不要紧，但是加上
一个女人，一个波兰小保姆
无能的

女人是更脆弱的容器，但是
心灵是中性的，一颗珠子
连接大陆，额头和脚趾

它顶多会在数学中
爆发出洪水
　　　　代替谋杀

萨福对抗厄勒克特拉！①

年轻的指挥得到了他的管弦乐队
把孩子留给他的
　　　　女赞助人。

威尔逊的想法让我们
倒胃口②，模糊的离题之物
和毁灭性的沉默
　　　　惰性

就像凯莉·纳西翁③
　　之于阿尔忒弥斯

---

① 厄勒克特拉（Elektra），希腊神话中阿伽门农之女，恋父情结一词由其名字演变而来。
② 这里指伍德罗·威尔逊关于信用控制的言论。
③ 凯莉·纳西翁（Carrie Amelia Nation，1846—1911），美国教师、历史学家、禁酒令正式实施前反对酒精滥用运动的激进主义者，因其为宣扬禁酒理念出现在各类饮酒场所并以随身携带的红色斧头劈烂木制吧台、酒桌等激进措施而广为人知。

我们今天的生活也是如此

他们带她去西部
进行摄影探险
　　研究明暗对比法
　　　　去丹佛,我想。
在那里的某个地方
　　　婚姻
被解除。当她带着婴儿
　　回来
　　　　公开地带它
参加女生聚会,人们
　　　　　　都被震惊了

——女修道院长希尔德加德①,
在她的葬礼之前,鲁伯斯堡,1179 年
叮嘱她们,全都是女人
唱她为这个场合写的赞美诗
事就这样成了,农民们

---

① 希尔德加德(Hildegard von Bingen,1098—1179),又被称为莱茵河的女先知,中世纪德国神学家、作曲家及作家。她担任艾宾根修道院院长,同时也是个哲学家、科学家、医师、语言学家、社会活动家及博物学家。

在背景里跪着,也许你看见过

广告

宪法说:以美国的信用借钱。它没说:向私人银行家借钱。

要解释为我们当下国家预算提供财政措施所依据的谬误和幻象,需要太多空间和时间。要打赢冷战,我们必须改革我们的金融制度。俄国人只懂得武力。我们必须比他们更强大,并建造更多的飞机。

飞机建造的财政措施如下:

1. 用国家信用证明支付制造商。
2. 制造商把信用证明作为支票抵押给银行。
3. 银行家把国家信用证明还给财政部,财政部为银行家开具美国国家信用。
4. 然后银行家同样给储户开具银行信用。制造商照常凭借信用提取支票。
5. 制造商用银行支票支付工人工资。
6. 财政部支付银行家1%的服务费,处理财政交易。

如果飞机成本为100万美元,银行家的利润将是1万元。

我们能利用这个体制完成什么?

1. 制造商得到全额支付。
2. 工人得到全额支付。
3. 银行家每次处理100万美元的国家信用证明便赚得1万美元利润。
4. 我们没有增加国债。
5. 我们不需要增加联邦税收。
6. 100万元的飞机唯一的开销是1万元,也就是银行家的服务费。
7. 我们能用一架飞机的钱制造100架飞机。

我想要一些精明的经济学家或银行家伸出脖子,反驳我在此对国家提出的一项主张。

强化关于金钱的宪法[1]

新泽西,纽瓦克,奥古斯特·沃特斯

---

[1] 此段散文源自《金钱》杂志第15期第4页,1950年6月出版。

金钱：笑话（亦即，
　　以下情况下的犯罪：价值
　　被加速削减。）

——当一个人将要死于脑瘤
　你会开玩笑吗？

接受个人的不幸
通过缓冲进入局部——不是
　　　　为了"医院收入"
用高于市场价格的
外科医生费用和附加费用
　　　　　　惩罚他

谁会经受那个？穷人？
　　　　什么穷人？
——八块五美元一天病房费？
　　缺少恢复的可能性

也不是让早过了生育期的
　　　　　寡妇变得富有

金钱：铀（注定要被引导）

扔掉火

——铀就是信用——树林中的

风，棕榈树林中的

飓风，掀起海浪的

龙卷风

雕琢大陆的贸易风

驱动船只向前

被扣押的金钱使贪婪者富足，造成了

贫困：灾难的

直接原因

    当裂缝滴水

释放出火，让风吹起！

释放治愈癌症的伽马射线

癌症，高利贷。释放

信贷，从银行窗户前面的

栅栏中间

   信贷，停滞

在金钱里，隐藏有生产力的东西

妨碍艺术或者（并不理解地）
购买艺术，出于智慧的贫乏，去
间接地，赢得蓝绶带

   去赢得
国会勋章
为了超出职责召唤的勇气
而不是作为一个桥梁看护者
靠政府救济金而告终

   失败可以在知识中
锤炼我们：金钱：笑话
迟早会被一笔
勾销

仅仅因为在那个地方没有适合饮用的水（或者是你没有找到），并不意味着在任何地方都没有淡水。

——致托尔森和他的颂歌
致利比里亚，致艾伦·退特 ①

---

① 涉及 1950 年 7 月出刊的《诗刊》，其中刊载了梅尔文·托尔森的《为利比里亚共和国所作的剧本》和艾伦·退特的评论。

（给他信贷）
致整个南方
　　西拉！①

——致它的一百年——裂变
铀，伽马射线
将会吃掉他们这些混蛋的骨头
他们是反对派
　　西拉！

可怜的混蛋，畸形
可怜的宝贝
啊！那可怜的人②

你想要被杀死，把你的脸
埋在尘土里，国民卫队
一个狗娘养的给你
致命一击
正打在阴部？

---

① 西拉（selah），咏唱时指明休止的用语。
② 这三行原文为西班牙文。

西拉！西拉！

信贷！我希望你有长久的信贷
和一种肮脏的信贷
  西拉！

什么是信贷？帕台农神庙

什么是金钱？金子托付给菲迪亚斯①
为了制作帕拉斯·雅典娜的雕像，他"存起来"
为了私人用途

——简而言之，金子是菲迪亚斯偷的
你无法窃取信贷：帕台农神庙。

——现在，让我们跳过埃尔金大理石雕像的任何
参照。

---

① 菲迪亚斯（Phidias，前480—前430），古希腊雕刻家、画家和建筑师，其著名作品为世界七大奇迹之一的宙斯巨像和帕台农神殿的雅典娜巨像，两者虽都早已被毁，却有许多古代复制品传世。

卢瑟①——射穿窗户,谁付的钱?

——然后还有本·沙恩②

这里的名单,列出了一百二十个
美国城市的市长,他们任职于内战
或者如果你喜欢,各州之间战争
结束后的年月,就像
当时血肠里的
脂肪块

信贷。信贷。信贷,给他们所有人信贷。他们曾经是
后来很多小说家的父辈,不比其他人差。

  金钱:笑话
  可以
  一笔
  勾销

---

① 美国汽车工人联合会领袖瓦尔特·卢瑟于 1948 年 4 月 20 日在家中遭枪击受伤。
② 本·沙恩(Ben Shahn,1898—1969),美国艺术家,以其社会现实主义作品及左翼政治观点而闻名。

并且连同

金子和英镑

一同贬值

金钱:无足轻重的

 相互作用的遗物

先于流线型

 涡轮机:信贷

铀:基本的思想——引向

 断裂的:镭:信贷

居里:女性(无足轻重)天才:镭

要义

信贷:要义

发

 明。

好吧

 发明

且看你如何开始。你会考虑
很多的补救措施吗：
  亦即，由地方控制
  地方购买力？

大片贫民窟的污秽
和文艺复兴城市的壮丽之间的差别。①

  信贷创造可靠之物
  直接关系到努力，
  工作：价值的创造和接受
  "发光的要义"对抗所有
  限制我们生命的东西。

---

① 庞德在 1950 年 5 月 22 日写给威廉斯的信中提到，他没有见过《佩特森》第二卷，威廉斯给他寄了一本。第二卷第一部分包含有关于"发明"的一个段落，类似于庞德《诗章》第 XLV 章的风格。

三

难道你没有忘记你最初的目标,
语言?

什么语言?"过去是为了那些
生活在过去的人。"这是她告诉我的一切。

嘘!老人在睡觉

——除了潮汐,没有河流,
现在沉寂了,转折,弯曲
在他的梦中。

     大海打着哈欠!
快到时间了

——你认识一个六十岁的
带着孩子的女人吗?

     听!

有人沿着小路过来了,也许
还不是太迟?太迟了。

  乔纳坦,1752年10月29日受洗礼;配偶格瑞提(哈林?)。他在霍珀镇(霍霍库斯)出生并长大,但是1799年在瓦格鲁经营谷物磨坊和锯木厂,现在归艾利亚斯家族所有。1779年4月21日夜里,他妻子被一阵响声惊醒,好像有人试图进入磨坊楼下,为了安全起见,他把马匹放在那里。"亚纳坦,"她用荷兰语说,"有人在偷你的马。"他点上灯笼,打开上半扇门,向抢劫者挑战。立刻有人从下半扇门开枪,打伤了他的肚子。他跌跌撞撞回到房间,倒在床上,用毯子把自己盖上。一群保守党人,戴着面具,化了装,冲了进来,强迫他年轻的妻子举着蜡烛,野蛮地袭击这个倒卧的人。他曾抓住其中一个人的刺刀,在手中握了片刻,对着攻击者大叫:"安德列斯,这是一桩宿怨。"带着倍增的愤怒,那个残忍的野蛮人用刺刀向他猛刺,直到他呻吟而死。他的两个婴孩,惯常睡在他脚边的轮床上,被父亲遇害的场面吓坏了。谋杀者离开后,他妻子和一个邻居用手捧去床上的血。遇害者被残忍地捅了十九或二十刀。据说是某个邻居带保守党来袭击的,与其说是出于政治或钱财方面的原因，不如说是私人报复。乔纳坦曾经是伯根县霍珀镇的民兵队长。他的一个孩子是阿尔伯特，1776年10月6日受洗。据说乔纳坦的孩子们搬到了辛辛那提，在那里发展得很好。①

来吧，出发。潮水来了

安静，安静！慢慢来！
欲速则不达！美德，
我的小猫，是一种复杂的回报，在所有
语言中，慢慢实现。

   这让我想起
一个已经故去的老朋友。

——当他还在经营旅馆的时候，有一天，一个高挑的非常漂亮的年轻女子来到他办公桌前，询问现在是否有什么有趣的书。她知道他对文学感兴趣，他回答说他自己的公寓里有的是，不过他此刻不能离开——这

---

① 取自威廉·内尔森（William Nelson）的《新泽西州佩特森市与帕塞伊克县的历史》，第345页。

是我的钥匙,你自己去拿吧。

她说了声谢谢就走了。他完全忘记了她。

午餐后他也回到自己的房间,到了门口才想起没有钥匙。不过门没有上锁,他走进去,发现一个女孩赤裸着躺在床上。他略微有点吃惊。事已至此,他所能做的只是脱去自己的衣服,躺在她身边。他感到非常舒服,很快沉睡过去。她也一定是睡着了。

后来他们同时醒了,感到神清气爽。[1]

   ——另一个,曾经给了我
一个旧烟灰缸,应该是
   陶瓷的,上面刻着
铭文,*美德*
   完全在于努力
烧制到材料上,
   白底上的赤褐色,一只上釉的

---

[1] 此段散文系威廉斯所作,1932年,他曾和纳撒尼尔·韦斯特共同编辑短命杂志《接触》。韦斯特1927年至1930年在肯摩尔旅馆工作,萨顿则从1930年工作到1933年,两个人都在纽约城。

威尼斯扇贝，用于
　　　盛烟灰，适合贮藏
铭文，一个让人安静的思想：
　　　美德全在于
努力做到有德性
　　　这需要默许，
需要错综回旋的形式，需要
　　　时间！一只贝壳
让我们不要流连于童年
　　　好色的表兄弟。为什么
我们应该这样？或者继续
　　　沉湎于相对简单的
事物，就像混种的
　　　蒲公英
一夜之间变容，美德，
　　　一个面具：面具，
有德性。

删除清晰的句子，你难道不想吗？然后扩展我们的意义——通过词语的序列。句子，但不是语法意义上的句子：学者们设下的致命陷阱。你认为那里面有什么美德吗？比睡眠还好？能够让我们复苏？

她习惯把我叫做她的

    乡下南瓜

现在她走了,我想象

    她在天堂

她让我有点

    相信它了

她还能去别的地方吗?

    她身上

曾经有华而不实的

    一面

男人和女人

    在那个年龄

不怎么受重视:两者

    都想要同样的

东西,想要被愉悦。

    想象一下我

在她的葬礼上。我

    坐在后排。也许愚蠢,

但是和任何葬礼

    没什么两样。

你可能会认为她有

   一张私人车票。

我也这么认为；一些人

   不是很多，

能够给你那样的感觉。

   它存在于他们身上。

她会说，美德

   （她自己的版本）

是一只壮实的老鸟，

   难以捉摸。所以

我记得她，

   补充一句，

我就像她那样，笨拙，

   并不习惯

这样的谈话——

   如今的一切，一切

都不复从前了

   从前从前！我爱过她。

所有的职业，所有的艺术，

白痴，罪犯，到最极端的

匮乏和畸形,稳定的部分
组成一个人的心灵——飞翔
跟随他攻击耳朵和眼睛:
小鸟们跟随掠夺着的
乌鸦,在恐惧和勇敢的
陶醉中

头脑虚弱。它无法控制的,
从来不是一个事实。

   把他自己加入进来,
让所有的妻子抱成一个妻子,
同时又播散它,
她们所有人中的一个
      虚弱,
虚弱纠缠着他,充实
只是一个梦或在梦中。没有一个心灵
可以完成它,在努力中
顺利运转:*一切在于努力*

  灰头发的(海地)
总统,他的女人和孩子们

在水边，

出着汗，终于率先离开，

经过耽搁、欢呼、盛会季节的歌唱之后

在蓝色的水上

在一架私人飞机里

   带着他金发碧眼的秘书。

播散，凶猛的知识

再次成群飞下来——

  童年的纪念物，

白石头的骷髅

有一个大胸的玛格丽特

眼神大胆，支撑着

她的头，她的小脑浆在里面咯咯响，

如心灵希望的那样，

充其量，等待被支撑。有一个

露希尔，金发蓝眼，

非常直率，让很多人

吃惊的是，她嫁给了一个

酒吧老板，失去了她的端庄。

有可爱的艾尔玛，写字手很稳，

她的嘴从来也不渴望安慰。
还有冷淡的南希，有着
结实的小乳房。

你还记得吗？

    一个高高的
额头，她的微笑
从不过头，但是她的大嘴
因为开心而冰冷
让人后背和膝盖发凉！她的话很少
从不说废话。曾经还有
其他人——三心二意者，过于急切者，
沉闷无聊者，他们全都可怜地
从肮脏的窗子向外望着，无望，冷漠，
来得太晚，有几个人，因此喝得
大醉——或什么原因——无法醒来
接受它。所有这些
还有更多——闪光的，挣扎的苍蝇
困在她蓬乱的头发中，对她
不可能存有抱怨，禁锢在
无形的网中——来自边远地区，

半梦半醒——全都心存渴望。没有一人
能够逃脱,没有一人,一种割下的
干草的清香,面对贪婪者,
"伟大"。

没有人知道侏儒彼得墓地的位置,直到上个世纪末,1885 年,殡仪员多里默斯从旧教堂的地窖把尸体搬运出来,给一座新熔炉腾出空间,他发现了一具小棺材,旁边有一个大箱子。棺材里是一具无头骷髅,他以为是一个孩子的,等他打开大箱子,发现里面有一个巨大的头盖骨。查找埋葬记录,才得知侏儒彼得就是这样下葬的。①

日本人说,黄色,代表天才。黄色
是你的颜色。太阳。所有人都看着。
你,是紫色,他补充说,水面上的风。

我的蛇,我的河流!田野的天才,
我崇拜的克拉②,没有被心灵宠坏,

---

① 此处指的是皮特·凡·温克尔(Pieter Van Winkle),本书第一卷中华盛顿将军访问过的人物。
② 克拉(Kra),西非加纳阿肯语中的灵魂或精神。

鸽子的观察者,大瀑布的
记忆者,海鸥的酒色之徒!潮汐的
认知者,时辰和月之盈亏的
计算者,雪花的列举者,
看透薄冰的凝视者,你们的血球是
鲦鱼,你们的饮料,是沙子

  向婴孩致敬,
  希望它茁壮成长!
  向阴唇致敬
  希望它裂开

  给它一个位置
  在顽固的世界。
  向山峰致敬
  种子从那里投掷出来!

在一处山间深谷里,小村庄
几乎被浓密的植物所遮掩。
瀑布主宰的周边地区
是一片美丽的荒野,有粉色的山
繁茂的木紫罗兰:此地居住的只有

离群的捕猎者和漫游的印第安人。①

一幅彩色印刷品,系十八世纪
著名水彩画家保罗·桑德比②的作品,
公共图书馆的一份珍品收藏
展现古老的大瀑布,是从博纳尔副州长
一张素描(杰作)重新印制的
那是他 1700 年见到瀑布时所作

印第安棚屋和战斧,图图瓦部落
河流两岸都有农场,坐落在
殖民时期的安静中:一个热心的
老荷兰家族,坚韧不拔
严守祖训,尽管进步并不迅速。

土布衣服。人们饲养自己的家畜。
粗糙的家具,铺沙为地板,
灯芯草坐垫的椅子,锡镴架子上满是布列塔尼亚陶器。

---

① 此节开始的四节诗大部分改编自查尔斯·P. 朗韦尔(Charles P. Longwell)的《一个老人讲的老佩特森的一个小故事》,1901 年。
② 保罗·桑德比(Paul Sandby,1731—1809),英格兰画家,早年曾当过地图绘制师,后来转行做了风景画家。他与哥哥托马斯·桑德比一样,是皇家艺术研究院的创始人之一。

妻子们纺线，编织——很多东西
可能今天看起来并不雅观或者令人不快
很多年间，本森和多雷莫斯庄园
是河北岸唯一的住宅

    亲爱的医生：自从我上次写信以来，我安定了很多，在纽瓦克的《劳工报》工作（《新泽西劳工先驱报》，美国劳工联合会）。老板是一名议员，因此我有机会见到很多政治生活的周边私事，在这个地区，它总是像其他风景一样吸引我，并且有过之而无不及，毕竟这风景是生动而繁忙的。

    你知道市政厅西边的街道吗？俗称"证券交易所"。因为在那里持续进行着政治和银行方面的争论和讨价还价。

    我一直在这些街道散步，寻找酒吧——特别是大磨坊和河街一带。你熟悉佩特森的这部分吗？我看见过如此多的事物——黑人，吉普赛人，突悬于河上的酒吧里口齿不清的招待，这酒吧瓦斯弥漫，随时都会爆炸，临河的窗户涂着油漆，让人看不到里边。我好奇你是否见过最重要的河街，因为那里才是我们要看的事物的中心。

    我一直想给你写一封长信，写写我能展示且将来会向你展示的深刻的东西——街道和人们的样子,到处发生的事件。

A. G.[1]

那里曾有有色人种奴隶。1791年,只有
十间房子,除了一间,其余都是农舍,
戈德温酒馆,佩特森最具历史意义的建筑,
位于河街:一面摇晃的招牌,挂在高高的
柱子上,整幅的华盛顿画像
印在上面,风一吹就发出
嘎嘎吱吱的声音。[2]

枝繁叶茂的树木和宽敞的花园
给乡村街道赋予了怡人的魅力
狭窄的老式砖墙给成荫的树木
增添了一种庄严之感。这里是夏日
度假者们的圣地,是去往瀑布途中,
主要的景点。

---

[1] 此处引用的是艾伦·金斯堡的三封书信中的第二封,1950年6月7日。
[2] 此节开始的四节诗大部分改编自查尔斯·P. 朗韦尔(Charles P. Longwell)的《一个老人讲的老佩特森的一个小故事》,1901年。

太阳落在加雷特山外
当夜幕降临，松树的绿，
在暗红色天空下渐渐隐去
直到所有色彩消失。镇上
烛光出现。街道没有照明。
天色和埃及一样黑暗。

那里有霍乱瘟疫的故事
一个很有名的人拒绝带他的队伍
进入镇子，害怕他们被感染
停在河对岸，他自己
用手推车把物品运进来——运到
老市场，当时是荷兰风格的建筑。

  新泽西州，佩特森，9月17日——小弗雷德·古德尔，二十二岁，今早被捕，被控谋杀他六个月大的女儿南希，自从周二古德尔报警说她失踪之后，警察一直在寻找她。

  审问从昨晚持续到凌晨一点，由警察局长詹姆斯·沃尔克牵头，警察说，这个每周40美元工资的工人，拒绝和他18岁的妻子玛丽一起接受测谎，自此几小时之后，杀人经过就水落石出了。

凌晨两点钟,古德尔带警察去到离他家有几个街区的加雷特山一个地方,给他们看一块沉重的岩石,南希就埋在下面,只裹着一块尿布,放在一个购物纸袋里。

古德尔告诉警察,周一早上他给婴儿喂奶时,她的哭声惹恼了他,于是,他拿高脚椅的木托盘打了婴儿的脸两下,把她打死了。乡村医生乔治·瑟金特说,她头骨开裂而死。[1]

有一座老木桥通向曼彻斯特,
当时被叫做图图瓦,1824 年
拉斐特经过那里时,有小女孩们
在他经过的路上撒满鲜花。
就在河对岸,现在叫做
"老枪磨坊"的地方,有一家钉子工厂
人们在那里手工打造钉子。[2]

我记得有天早上我去旧棉纺厂
当时,旧钟柱上的温度计

---

[1] 此处散文引自《纽约先驱论坛报》,1950 年 9 月 18 日,第 16 页。
[2] 此节开始的十一节诗大部分改编自查尔斯·P. 朗韦尔(Charles P. Longwell)的《一个老人讲的老佩特森的一个小故事》,1901 年。

降到了零下十三度。
那时候,很少有汽笛呼啸。
大多工厂只有一根钟柱,
用钟发出消息,"上工啦!"

从床上起来,踩到一个
从屋顶筛进来的雪堆;然后,
早餐喝粥,步行
五英里去上班。到达后
我要捶打铁砧,让它启动
来保持循环运转。

在早期的佩特森,村子的
休闲场所是三角广场
以公园街(现在是下缅因街)
和岸街为界。不包括瀑布,它是镇上
最漂亮的地方。树荫遮蔽
中间是公共区,在那里
乡间马戏团支起了帐篷。

在公园街一侧,它延伸到
河边。在岸街一侧,它延伸至

一条公路，通向戈德温酒馆的
场院，场院占去了
公园北面的一部分。

马戏团是一件过时的事儿，只有
一个小帐篷，一个圆形场地。他们
不允许马戏团在下午表演
因为会造成工厂关闭。那些日子
时间宝贵。只有在晚上
才有表演。不过等工厂下了班
他们一定会在镇上
让马匹列队游行。这件事的
结果就是，晚上整个城镇成了
马戏场。那些日子

为表演特制的蜡烛把镇子
照得通亮。巨人般的蜡烛固定在
板子上，用铁丝挂在帐篷四周，
一个特别的装置。巨大的蜡烛
置于基座的木板上，两排
较小的蜡烛，一排在另一排上面
逐渐收窄成锥形，形成很漂亮的

场面,提供足够的光亮。

演出期间蜡烛一直燃着
展现出一幅奇异而炫目的景象
映衬着引人注目的表演者——

很多旧名,还有一些地方
现在都不记得了:麦克库迪池塘,
格非尔路,布迪诺街。
市镇钟楼。老式的荷兰教堂
1871年12月14日烧毁了
当大钟敲响午夜十二点。

科莱特,卡里克,罗斯维尔·柯尔特,
迪克森,奥格登,彭宁顿
叫做都柏林的那部分城区
居住着最早的爱尔兰移民。如果
你想要定居在老城区,你就能
喝到都柏林泉的水。拉斐特说,
那是他喝过的最清甜的水。

老枪磨坊的院子那边,山谷上

是一段弯曲粗糙的长阶梯
通向河对岸的一处悬崖。
上面是凡菲尔德酒馆——俯瞰
鸟儿展翅,在岩石间的小池塘里
洗澡,那是瀑布——飘落下的
雾霭形成的。

  新泽西州,佩特森,1850年1月9日:——昨晚两人遇害的谋杀,把整个社区抛入一种极度兴奋的状态,受害者就住在离此两三英里远的葛弗。他们是约翰·凡·维克和他的妻子,这对老夫妇是该县的长久居民。这桩暴行似乎无疑出自一个叫做约翰·约翰逊的人,一个劳力农夫,当时受雇于同为农夫的他的邻居们。就我们搜集到的细节来看,似乎约翰逊是借助梯子从上面的窗子进入房间的,下到受害者的卧室,首先袭击了睡在前面的妻子,接着是丈夫,然后又是妻子,由此实施了他的谋杀。

  看来第二次袭击立刻让妻子丧了命;丈夫还活着,但是也很快会死去。主要工具似乎是一把刀,尽管丈夫身上有一处或多处斧痕。斧子是第二天早上在床上或是地上发现的,而刀子在窗台上,是杀人犯回到地面时留在那里的。

只有一个男孩睡在同一座房子里……不过，刚下的雪让追踪者们发现并逮住了他们要找的人……他的目的无疑是为了钱（不过，他好像并未得手）。

约翰逊问为什么要抓他，"我做了什么？"……他被带到谋杀现场，给他展示了他野蛮暴行的结果，但是这种景象没有产生什么明显效果，只是让他勉强做出一副怜悯的表情，他否认参与了这起残忍的屠杀。[1]

叮咚叮咚走一走

猪在豆子里——

猫在苜蓿里——

马在燕麦里——

鸭子在池塘里——

  噼里！啪啦！

我的小德里克这么大了！[2]

你今天来看被杀者

    被杀者，被杀者

仿佛是一个结局

---

[1] 引自1936年9月25日《探勘者》上刊载的一个长篇报导，该事件被描述为"帕塞伊克县的第一件谋杀案"。
[2] 此段为荷兰语儿歌。

——一个结局!
一个令人信服的布满尸体的景象
——触动人心

　　　仿佛人心
可以被触动,我说的是心,
被一排砍死的尸体触动:

　　　　　战争!
资源的匮乏。

　　　二十英尺的内脏
在硫磺岛的沙滩上

"我做了什么?"

——让谁相信呢?蛀船虫吗?
它们习惯了死亡
并为之欢腾。

谋杀。

——你无法相信
它可以再次开始，再次，在这里
再次，就在这里

从梦中醒来，这整部诗
都是一场梦，朝着大海，
　　升起，一片血海

——大海吸纳所有的河流，
　　　　　　　耀眼，由
鲑鱼和鲱鱼引领

我警告你
　（1950 年 10 月 10 日）
远离鲨鱼，它咬掉
自己拖曳着的内脏，把绿色的水
变成落日余晖

可是催眠曲呢，他们说，驯服的大海
不过是睡眠，漂浮着
海草，带着种子。

       啊!

漂浮的残骸,漂浮的词语,捕捉着
种子

我警告你,大海不是我们的家。
     大海不是我们的家

大海是我们的家,所有的河流
向它奔流(消失)

   乡愁的大海
浸透了我们的呼喊
  塔拉萨!塔拉萨!
召唤我们回家

我对你说,不如用蜡堵住
你的耳朵,对抗饥饿的大海
   它不是我们的家!

它把我们拖下去,淹没在

丧失和悔恨中

啊,亚略巴古①的岩石
保存了他们的声音,法律的声音!
或者,狄奥尼索斯大剧场
可以被某种现代魔术激发
    释放
它所束缚的东西,石头!
可以从中把音乐唤醒
融化我们的耳朵。

大海不是我们的家。

——尽管种子伴随着浮渣
和残骸漂浮,在棕色的叶子
和柔软的海星中间

但是你将会走向它,走向它!歌声

---

① 亚略巴古(areopagus),意为"阿瑞斯的岩石",又称战神山议事会、亚略巴古法院。位于雅典卫城的西北角,是古典时期雅典刑事与民事案件的高等上诉法院。据称阿瑞斯因为杀死波塞冬的儿子,在此接受众神的审判。

在你耳朵里响着,走向俄刻阿诺斯 ①
那白昼淹没之处

    不!它不是我们的家。

你将会走向它,赞美
血黑色的大海。你一定会走向它。
维纳斯的种子,你将回到
一个女孩身边,她站在倾斜的贝壳上,
面呈玫瑰红

      听!

塔拉萨!塔拉萨!
  饮下它,沉醉其中!
    纯洁的
塔拉萨:我们的家,我们乡愁的
母亲,在她里面,死者重新藏于子宫,
呼唤我们回归

---

① 俄刻阿诺斯(Oceanus),古希腊神话中环绕大地外部海域的泰坦神,为所有海洋女神和河神之父。

　　　　　血黑色的大海！
单单被光刻划，被光
镶嵌上钻石，其中
只有太阳抬起没有受潮的
　　　　　　　火的翅膀！

……不是我们的家！它**不是**
我们的家。

　　　　　那是什么？
——一只鸭子，一个地狱潜鸟？一条游泳的狗？
什么，一条海狗？它又来了。
一只海豚，当然，跟随着
马鲛鱼。不。一定是某种倒置的
沉没物。可是它在移动！
也许不是。某种浮货。

一条结实的黑色大母狗，
从它一直躺着的地方起身，
在堤岸下，打着哈欠，伸懒腰，
半压抑半哀鸣地吠叫。
它望向大海，竖起耳朵，

又不安地走向水边,
坐下来,半身浸在水中。

当他从水里出来,抬起膝盖,
穿过波浪,它便朝他走去,笨拙地
抖动着它的臀部
他用手抹去脸上的水
转身望望波浪,然后
敲敲自己的耳朵,走上岸
舒展四肢,仰面躺在
灼热的沙滩上,远处的海边
有几个女孩正在玩球。

——一定是睡够了。他再次起身,
扑打掉干燥的沙子,走了几步
穿上一套褪色的连体裤,
随手套上衬衣
(袖子还卷着),鞋帽
它一直在堤岸下看守着,
在那里,再次转身朝向
海水持续的咆哮,就像一道
遥远的瀑布。他爬上堤岸,

经过几次尝试,摘了几颗
矮灌木上的滨梅
尝了一颗,吐出果核,
然后朝内陆走去,身后跟着那条狗

  经过陪审团二十分钟的商议,来自英国利物浦的约翰·约翰逊被定罪。1850年4月30日,在数千观众面前,他被当众施以绞刑,人们聚集在加雷特山和邻近的房顶上,目睹了这一场景。

  这是爆炸
  永恒的关闭
  螺旋
  最后的翻滚
   终结。

第五卷

(1958年)

纪念画家

亨利·图卢兹·劳特雷克①

---

① 亨利·图卢兹·劳特雷克（Henri Toulouse Lautrec，1864—1901），法国画家，以描绘巴黎夜生活及歌舞妓女人物百态而著称，主要作品有《洗衣女》《红磨坊舞会》《红磨坊的沙龙》等。

一

老年
　心灵
　　　叛逆地
　　　从它的悬崖
　释放了
一只鹰

——额头的角度
　或许远远不能
让他记起，在他认为
　他已经忘却的时候

　——记起

　　自信地
只是一瞬间，只是转瞬即逝的片刻——

带着认同的微笑。

早早地……
狐色带鸫的歌
重新唤醒佩特森的
世界
　　——它的岩石和溪流
虚弱地
从漫长的冬眠中苏醒

在三月——
　　　岩石
　　　　光秃的岩石
说话!

——这是一个阴郁的早晨。
　　他望着窗外
　　　　看见鸟儿还在那里——

不是预言! **不是**预言!
　　而是事物本身!

——洛尔迦的,
《唐·佩林普林的爱情》,第一阶段

  那年轻的姑娘

     还只是一个孩子

带领她年老的新郎

  不知不觉地

    走向他的衰落——

——戏剧结尾的时候(她是一个火辣的小婊子,但是没有什么不寻常——现在我们与已过盛年的女人结婚,朱丽叶十三岁,贝雅特丽齐九岁时,但丁第一次见到她)。

爱情的全音域,在女孩心中就是婚夜的滥交,她决心不被派对落下,作为一种道德姿态,如果有的话

妓院宣称

   道德

     最好由处女

来宣称,她头上的价码,

   她的处女膜!

    卑鄙交易

坚持住那一点

   让它贬值：

      扔掉它！（如她所为）

独角兽

   白色的一只角的野兽

      激烈扭动

根发出嘟嘟声！

   在星星中隐匿脸庞

     为它自己的谋杀

叫喊

佩特森，从空中

   在低矮的山脉之上

     在河对岸

在一座岩脊上

   返回过去的场景

     去见证

发生了什么

   自从苏波给了他那部

达达主义的小说 ①
让他翻译——
　《巴黎最后的夜晚》。
　　"从那时起,巴黎
发生了什么?
　我自己发生了什么"?

一个艺术的世界
历经岁月沧桑

　　幸存下来!

——博物馆变成真实的
　　修道院——
　　　　　在它的岩石上
投下阴影——
　"真实! 真实!
　　真,真——真实!"

---

① 威廉斯翻译的苏波的小说出版于 1929 年。菲利普·苏波(Philippe Soupault, 1897—1990),法国作家、诗人、小说家、评论家和政治活动家,活跃于达达主义运动。与安德烈·布勒东一起发起了超现实主义运动。

亲爱的比尔：

我希望你和 F 能来。那是个盛大的日子，我们想念你们两个，大家都想念你们。勿忘我、野生龙须菜、白色紫色的紫罗兰、白水仙、野生银莲花和大片大片纤巧的风信子，沿着小溪，开得艳丽至极。这次我们没有烈性苹果酒或苹果白兰地，而是喝葡萄酒和伏特加，还有好多食物。农庄也没有"太大变化"，还是你当初看到的那样。从前的鸡舍已经改成画廊很多年了，D. E. 看到它时很羡慕，每年夏天，我在这里的时候，有一两个人住在那里写作，这种情况已经持续好一段时间了。谷仓也有宽敞的地板，欢迎任何人来，大家都能在这生机勃勃的空间里找到一桌一椅。E 甚至想到要利用谷仓"做点事情"，我希望他们会实施。他们的孩子去小溪游泳，画画，四处探索。如果你想来，就坐车来吧。E 六月份离开普林斯顿之前还会来。他们明年将会在汉诺威。J. G. 现在占据着"客房"。

读到你对这里的回忆是多么温馨；一个地方是由记忆及其周边世界构成的。大多数花草都是多年前种下的，每年春天都会茁壮成长，野生的花出现在新的地点，看着让人激动。獐耳细辛和血根草现在遍地都是，当年的树苗已经长高了，这个季节满树黄鹂，稀有的鸣鸟，比如桃金娘森莺和木兰林莺，还有一只鹪鹩在车库找到了最好的巢（不会混淆于任何现代居所），我在那里挂了一件衬有羊皮的外套，鹪鹩直接用它来支撑它的巢了，正在温暖可爱地孵化自己的五只蛋。

祝你一切都好，代这里的每个人问候你。

乔西 ①

妓女和处女，一种身份：
——通过它的伪装

四处扭打——但不会成功地突破
　一种身份

奥杜邦 ②（奥-杜-邦），（迷失的法国王太子）
　　任凭船
　　　　在路易斯维尔的
俄亥俄河瀑布下，顺流而下，
　　沿着

---

① 引自约瑟芬·赫布斯特（Josephine Herbst, 1892—1969）1956 年 5 月 14 日写给威廉斯的信。F 是威廉斯的夫人弗洛伦斯。D. E. 是迪克·艾伯哈特（Dick Eberhart），E 也是指艾伯哈特。J. G. 是琼·加里格（Jean Garrigue）。
② 奥杜邦（John James Audubon, 1785—1851），美国画家、博物学家，法裔美国人，他绘制的鸟类图鉴《美国鸟类》被称作"美国国宝"。

一条小路穿过树林
　　横跨肯塔基以北的
　　　　三个州

他看见了水牛
　　还看见了
　　　　林中一只有角的动物
在月光下
　　跟随着小鸟
北美山雀
　　在一片铺满小花的田野里
那动物的脖子上
　　套着一顶王冠！
　　　　来自布满群星的豪华织锦！
腹部受了伤，俯卧着
　　四肢叠在身体下
有须发的头
　　帝王般高高昂起
　　　　除了迂回，还有什么
能抵达这个球体的末端？
　　这里，
不是那里，

永远也不是。
　　　独角兽
无可匹敌
　　　没有伴侣，艺术家
　　　　　没有同伴。
死神
　　没有同伴：
在林间游荡，
　　一片铺满小花的田野
受伤的动物躺下来休息

我们无法到达底部：
死亡是一个洞
我们全都被埋葬其中
外邦人和犹太人

花朵枯萎
逐渐腐烂
但是在口袋底部
有一个洞。

这是想象

深不可测。
我们穿过这个洞
逃逸

就这样独自穿过艺术,男人和女人,
一片花的田野,一幅织锦,无可媲美的
春花,

穿过这个
死亡大洞穴底部的
洞,想象
毫发无伤地逃逸了

它脖子上戴着项圈
　　隐藏在竖立的毛发下。

亲爱的威廉斯医生:

　　谢谢你的序言。这本书已在英国印刷,7月某时就会出版。你的序言是个人化的,充满热情,切中已发生之事的要点。不过,你应该看到超越这些之上的力量和愉悦。这本书将包括这些……我从来没有兴趣写作,除了壮丽的真实体验,等等,一派胡言,我的意思是说，我从来没有真正地疯狂过，只是时有困惑。

过几个星期我将乘船去北极……我会见到冰川，书写伟大的白色极地狂想曲。给你我的爱，我10月份回来，在首次去欧洲旅行前，我将经过佩特森，看望家人。我从来没有逃离过佩特森。我有一种惠特曼式的狂热和乡愁，对城市、细节和全景，对森林和极地的孤独，就像你拾取的意象。当我看够了，我就会回去，在帕塞伊克河里再次翻腾泼溅，只带着赤裸快乐的身体，让市政厅不得不召出防暴队。当我回来，我要在市长竞选中做大型政治演讲，就像我16岁时那样，只是这次我将有W. C. 菲尔茨在左，耶和华在右。为什么不呢？佩特森只是一个悲哀的老爹，需要同情。无论如何，"美"都是我的安居之处。还有现实。还有美国。

通过石头之类的东西对城市说话没有什么困难，等等。真理不难发现。我说不清楚，所以我要闭嘴了。我的意思是说佩特森不是一个任务，像弥尔顿下地狱那样，它对心灵来说是一朵花，等等，等等。

一份杂志即将出版。等等……

再见。

A. G.[①]

[①] 这是《佩特森》中引用的第三封金斯堡的信，写于1956年5月20日。信中说的序言指的是威廉斯为《嚎叫及其他诗篇》(1956)所作序言《献给卡尔·所罗门的嚎叫》。

**如果你没有时间干别的，请读随信附上的
《向日葵圣歌》**

——处女和妓女，哪一个
更耐久？想象的世界
最耐久：

波洛克的颜料带着构思
滴挤出来！
来自软管的纯粹。其他都不是
真的。

在世界中行走
　　（从汽车窗户
你什么都看不到，从飞机
或者月球上能看到的更少！？
别装蒜了。）
　　　——一个礼物，一个"现在的"
世界，穿过三个州（本·沙恩
在铁轨和电线中间看见它，
并把它记录下来），步行穿过三个州

为了它

 一个秘密的世界，
一个球体，一条蛇咬住自己的
尾巴
 向后滚回了过去

……妓女们抓向你的阴茎，几乎面带祈求——"两美元，两美元"，直到你几乎就要进去了，带着压抑在腰部的纯粹野性的欲望，带着体内的威士忌、起泡饮料和科尼亚克白兰地，直到一个朋友拉住你，"不……对于一座真正的房子，这是垃圾。"一座真正的房子，一座真正的房子？王室之屋？妓女之屋？然后，走过黑暗的街道，因活着而快乐，醉醺醺地和其他酒鬼一起走着，走过尘土的街道，在一个尘土的年代，一个尘土的世界，一切都是尘土，但是你年轻，你喝醉了，有女人准备爱你口袋里的纸币。一个女人穿过有十几队其他士兵的街道（他们是士兵，即使穿着便服，也是像你一样的士兵，只是有所不同，这个队伍的不同在于你就是你——喝醉了，波德莱尔和兰波，还有一个里边有一本书并且喝醉了的灵魂），她走进咖啡店开着的门，把手放在她两腿之间对你微笑……一个妓女在对你微笑！你对她大叫，所有人都对她大叫,她也大叫,笑着,笑声充满了……这……吉他声浸润着的夜晚的空气。

然后是房子……看见一个面庞光滑的女孩靠在门上,全身白色……白雪,处女,啊,新娘……她弯曲的手指,纯洁无染的颜色,干净的头发和身体的美,在兰花的恶臭中,在粗俗袭人的恶臭和脆弱中,你走着,摇晃着走过地板,撞得舞者踉踉跄跄,摆脱围绕在你耳边的声音,找到她,她仍然站在那里,靠着门,面容光洁,要价四美元,你还价说三块,她坚持说四块,在你争辩时,她的手放在你的肚子上,移动着,说四块,你可以听见音乐在拖长它热带的红色,你灌下的啤酒,你触摸乳房,坚定地说四块,三块不行,微笑,一个女孩被一个士兵带出房间,(新娘永恒的)微笑,四块,三块不行,那只手!那乳房,你触摸,抓牢,压制住欲望,感受臀部的曲线,安静光洁,滑过你的手掌,裙子,手!

高跟鞋喀拉喀拉响,笑声,喧哗,她的眼睛是黑色的,四块?求你了四块好不好?不,三块,然后,好吧,四块就四块……四美元,不过要来两次,我要来两次,真帅,来吧,真帅。你跟着她,一个孩子,一束光在你眼睛里旋转，喧哗，其他女孩，嘈杂中，朋友的声音无法辨认，他的脸用笑声镶边，你对它微笑，尽管没什么可微笑的，却在荒诞地笑着，因为和妓女做爱很滑稽，但是这并不可笑，因为她的身体下有血，她的手指纤细，触摸着你的手指，很有节奏，不可笑，而是炽热激情，明亮洁白，比妓院的灯光还要亮白，比杜松子汽酒还要白，像出生一样又白又深，比死亡还要深。

G. S.[①]

一位女士将裙摆搭在
胳膊上，她的头发
平滑地梳向脑后，显出
圆形的头，就像她表哥，那个国王一样，
皇家的配偶，和她一样年轻
戴着深褐色的天鹅绒帽子，
倾斜在眼睛上，他的腿
裹在绿色和棕色相间的条纹紧身裤里。

[①] 此段取自吉尔伯特·索伦蒂诺（Gilbert Sorrentino, 1929—2006）的散文《边城》。

女士神情安静
倾听着一个猎人的号角

——鸟群和花朵,城堡透过树叶显现出来,一只野鸡在泉边喝水,它的影子也在那儿喝水。

仙客来,耧斗草,如果
记录这些花的艺术
可以信赖就好了——还有
橡树叶和嫩枝
轻拂着鹿角
鹿的野性的眼睛
不可混淆于
因死亡而呆滞的
王后的眼睛
一只逃逸的兔子的尾部
穿过灌木丛

四月温暖的一天,G. B. 忽发奇想,要和男孩子们去裸泳,其中当然有她的哥哥,一个不折不扣的好色之徒,会痛打任何有可能骚扰她的人。那是在"柳树尖"附近的"沙底",后来我们经常在那里野餐。

那是在她变成妓女、染上梅毒之前。大约在那时，L. M.，一个年轻的水手，去了里约热内卢，不害怕法国人（和其他人）所谓的"儿童疾病"——可那不是说笑，就像高更发现他的大脑开始腐烂的时候。

现在的年代
  对于私通者比较安全
    道德
随你选择，但是大脑
  不必因为担心性病
    而腐烂
或石化
  除非你希望如此

"让你的爱放任自流"
  趁你还年轻
    男人和女人
（如果你认为值得）
  在恰恰舞中
    你会认为大脑
应该嫁接到
  更好的根上

二

"我不是萨福权威,不是特别理解她的诗。她为某种清晰柔和的叮当声写作。她完全避免了粗糙。'星空中的寂静',为她的语调赋予了某种东西。"

A. P.[①]

那人是众神的同伴,他
面对面,坐着倾听
你甜美的语言和可爱的
  笑声。

就是这个激起我胸中的
烦乱。一看到你
我的声音就颤抖,我的舌头

[①] 列维·阿诺德·波斯特(Levi Arnold Post,1889—1971),时任美国哈弗福德学院希腊文名誉教授,其关于萨福诗歌独特性的观点曾给予威廉斯以启示。

就断裂。

一束微妙的火焰,径直窜进
我的四肢;我的眼睛
再也看不见,我的耳朵
　　也在轰鸣。

汗水涌出:一阵颤抖
将我捕获。我变得
比干草还要苍白
　　几乎就要死去。①

11月13日,嗨　我的比尔比尔　公牛公牛,埃米尔。②

在 Ac Bul 2③ 或 vide enc④ 里还有什么是你不明白或不懂的,或者理解了却不认同的?

---

① 这首诗系萨福著名的诗篇《在我看来那人有如天神》,此处威廉斯引用的也许是他自己的译本。
② 指流行歌曲《阿卜杜勒,歌手埃米尔》,1850年代在都柏林三一学院首次演唱。在波斯语中,Bulbul 既指鸣鸟,也指诗人。埃米尔指王子或指挥官。这里的散文部分是庞德1956年写给威廉斯的一封信。
③ Ac Bul 2,《学术通讯》(Academia Bulletin, 1956),庞德的一批拥护者组成的"学术庞德"的机关刊物,由大卫·戈登在华盛顿出版。
④ 此处应指庞德寄给威廉斯的有关社会信贷理论的一些材料,因未写出全称而难以索解。

最难发现的是，为什么别人，显然不是大猩猩或罗斯福，无法理解二加二等于四这样简单的事情。

麦肯奈尔·威尔逊[①]刚刚写信给我说，那个索迪[②]对"经济学"感兴趣并开始研究了，却发现他们给他提供的不是经济学而是盗贼行为学。

战争是为了制造债务，最近一场由移动粪堆富兰克林·德兰诺·罗斯福发动的战争非常成功。

让他振奋的恶臭仍在散发气息。

还有，给我寄到拉帕洛的十卷财经报告表明，从威金[③]离开到邮件停止的数年间，你们这些傻瓜为购买金子支付了一百亿美元，那本可以用六十亿就能买到。

---

① 麦肯奈尔·威尔逊（Robert McNair Wilson，1882—1963），英国外科医生和历史作家，1934—1958 年间曾与庞德通信。
② 索迪（Frederick Soddy，1877—1956），牛津大学化学教授，1921 年度诺贝尔化学奖得主。随后兴趣转向经济学，出版了《财富、虚拟财富和债务》(1926)、《金钱的角色》(1934) 等有影响的著作。
③ 威金（Albert Henry Wiggin，1868—1951），1911—1930 年间任大通国民银行董事会主席，1933 年参议院对华尔街的一份调查显示，威金靠抛空他自己银行的股票和避税而牟利甚丰。

这样够清楚了吧,你还需要细节吗?

那种主权本身存在于发行货币的权力中,无论你是否有权这么做。

不要让我逼你。

如果这里有什么模糊的地方,请直说。

不要担心伯姆,①

他没有说你让他给我寄书,只说他已经见过朱(Chu)了。让年轻人教育年轻人吧。

我在伏尔泰的作品中发现的唯一天真的话,是他在发现两本经济学的好书时写的:"现在人们将会理解它。"结束摘录。

---

① 伯姆(Robert Lawrence Beum, 1929—),小杂志《金鹅》编辑,曾去圣伊丽莎白精神病院拜访庞德,送给庞德他自己的《诗二十首》(1956)。威廉斯在1956年11月9日给庞德的信中说,"至于伯姆,我已有两年多没他的消息了……他最后寄给我的诗给人印象不深。"

但是，如果你（和德尔玛①）名单上的贪婪之人已经懂了，我就不用花这么多时间澄清他们不明白的地方了。

你同意用公牛屎②代替历史是不受欢迎的吗??????

我们镇上有一个女人
走路飞快，肚子扁平

穿着旧便裤，在街上
我看见过她。

  个子不矮
也不高。年纪不大也不小
她的
  脸不会吸引

任何青少年。灰色的眼睛

---

① 德尔玛（Alexander Del Mar，1836—1926），美国政治经济学家、历史学家。庞德在 1956 年 11 月 5 日给威廉斯的信中谈到"德尔玛有关亚里士多德、柏拉图、哥白尼、洛克、牛顿、史密斯、巴斯蒂亚和密尔的评论"，威廉斯在 11 月 9 日给庞德的回信中重复了这个名单，添加了格赛尔和孟子，并抱怨说，"当今经济学的扭曲状态恰恰是因为你提到的名单缺乏清晰度"。
② 原文为"da shittahd aaabull"。

直视前方。
   她的
    头发
随意地拢在耳朵后面,
戴着一顶不成样子的帽子。

她的
  臀部狭窄,她的
     腿
又细又直。她挡住

我的路——直到我看见
她
  消失在人群中。

一个暗色布料做的
不显眼的装饰,我想
大概是一朵花,
平平地别在她
   右侧

胸前——任何女人

都会同样这么做,为了
表明她是女人,并警告我们
注意她的情绪。不然

她就会穿起男装,
这就等于对你说

见鬼去。她的
　　　　表情
严肃,她的
　　　　脚很小。

她离开了!

如果我能再看见你
因为我每天寻找你
却徒劳无功

我就会对你说,哎呀
太晚了!我就会问你,
在佩特森的街上

干什么？问你
一千个问题：
你结婚了吗？你有没有

孩子？还有，最重要的是，
你的名字！
她当然不会

告诉我——尽管
我无法想象这样的事
会发生在这么孤单

又聪明的女人身上。

你读过我写的作品吗？
都是为你写的

   或者是为鸟儿
和麦兹·麦兹洛 ① 写的

---

① 麦兹·麦兹洛（Mezz Mezzrow，1899—1972），芝加哥爵士乐单簧管手和萨克斯管手。

他曾经写道

与拉普和"节奏之王"到处游荡,最终触动了我并让我得以厘清自己。与那些家伙在一起让我知道,任何白人,只要他思维清醒,学习努力,就能和黑人一起唱歌、跳舞、玩耍。在美国,你不需要采用最好、最原创、最诚实的音乐,并把它搞砸,因为你是白人;你可以挖掘黑人真正的信息,和他一起深入,比如拉普。和"节奏之王"一起盘桓了一段时间,我感觉很好,我开始想念那支次中音萨克斯管了。

嘿,我迷恋它——灵感妈咪和我同在。更有甚者,有一天,我沿着麦迪逊大街走着,我听到的东西让我以为我的耳朵在撒谎。贝西·史密斯正在一家音像店的唱碟里喊着《沮丧的蓝调》。我奔进去,买下了他们所有的蓝调之母的唱碟——《葬礼蓝调》、《流血的心》和《午夜蓝调》——然后跑回家,在手摇留声机上听了几个小时。钢琴背景中贝西哀婉的故事与真正和谐的模式让我入迷,它们充满小小的急奏,沿着我的脊背小老鼠一样爬上爬下。那女人哀号出的每一个音符都和我每一根紧绷的神经之弦共振;她唱出的每个词都解答了我一直疑惑的一个问题。你无法把我从留声机旁拉走,哪怕是去吃饭。①

  或者萨堤尔们,一种
悲剧之前的戏剧,
 一种萨堤尔戏剧!
    所有的戏剧
都是萨堤尔风格的,当它们最为虔诚时。
 像萨堤尔一样下流!

萨堤尔们舞蹈!
 所有的畸形都展开翅膀
  半人马怪
引向词外壳②的盛会
 在格特鲁德
斯坦的
 作品中——但是
   你无法成为
艺术家
 仅凭愚蠢的行为

---

① 引自麦兹·麦兹洛和伯纳德·伍尔夫所作《真正的蓝调》,1946年,纽约,第53页。
② 词外壳(vocable),特指以音、形为单位构成的词,不作为意义单位。

梦想
  在于追寻!
保罗·克利
  小巧的图形
    填满画布
但是
  那不是一个孩子的
    工作
也许,治疗
  是从阿拉伯艺术的
    抽象开始的
丢勒
  由于他的《忧郁》
    意识到了这一点——
散落的石块。列奥纳多
  看见了它,
    痴迷于它,
并且奚落它
  在《蒙娜丽莎》中。
    博斯 [①]

[①] 博斯(Hieronymus Bosch, 1450—1516),荷兰画家,作品多数描绘罪恶与人类道德的沉沦,富有想象力,充满怪异的形象和象征。

将遭受折磨的灵魂

  和猎食他们的恶魔聚在一起

    鱼群

吞噬着

  自己的内脏

弗洛伊德

    毕加索

      胡安·格里斯。①

一个朋友在信中

   说：

     最近

三天晚上

  我睡得像个婴儿

    没有

喝酒，也没有吸毒！

  我们知道

    那是蝶蛹的

停滞期

  它已展开翅膀

    像一头公牛

---

① 胡安·格里斯（Juan Gris，1887—1927），西班牙画家、雕塑家，一生在法国生活和工作，属于立体主义。

或是一个弥诺陶
　　或是贝多芬
　　　　在第五交响曲的
谐谑曲中
　　跺着
　　　　他沉重的脚
我看见爱情
　　赤身骑着一匹马
　　　　一只天鹅
一条鱼的尾巴
　　嗜血的海鳗
　　　　大笑
回忆着犹太人
　　在深坑里
　　　　在他的同伴们中间
当那冷漠的家伙
　　用机关枪
　　　　扫射人群
他还没有被击中
　　还在微笑着
安慰他的同伴
　　安慰

　　　　他的同伴
梦境占据了我
　　和我思想的
　　　　　舞蹈
动物们卷入其中
　　这些无可指责的野兽

问：威廉斯先生，您能简单告诉我，诗是什么吗？

答：嗯……我想说，诗是充满情感的语言。它的词语，有节奏地组织起来……一首诗就是一个完整的小宇宙。它独立存在。任何一首有价值的诗都表达着诗人的全部生活。它向你呈现诗人真正的样子。

问：好吧，请看另一个伟大的美国诗人E.E.卡明斯的一首诗的片段：

（im）c-a-t（mo）
b，i；l：e

FallleA
Ps！fl

OattumblI

Sh？dr
IftwhirlF
（Ul）（IY）
＆＆＆

这是诗吗？

答：我认为它不是诗。也许，对他来说，这是诗。但是我不认可。我无法理解它。他是个严肃的人。所以我非常努力地读它——但我完全弄不明白它的意思。

问：您不明白它的意思？可是这里有您自己一首诗的片段：……"两只鹧鸪／两只野鸭／一只从太平洋里／捞出来二十四小时的／邓杰内斯大蟹／两条来自丹麦的／鲜活冷冻的／鳟鱼……"看，这就像一份时髦的食品购物单！

答：它的确是一份时髦的食品购物单。

问：那么——它是诗吗？

答：我们诗人需要用一种不是英语的语言说话。这就是美国习语。它有节奏地组织起来，形成美国习语的一个样本。它和爵士乐一样具有原创性。如果你说"两只鹧鸪、两只野鸭，一只邓杰内斯大蟹"——如果你有节奏地处理它，忽略实际意义，它就会形成一种锯齿状的模式。在我心里，它就是诗。

问：可是如果您不"忽略实际意义"……您就同意它是一份时髦的食品购物单了。

答：是的。任何事物都是诗歌的好材料。任何事物。我已经说过很多次了。

问：难道我们不应该去理解它吗？

答：诗有别于意思。有时，现代诗人完全忽略意思。这就造成了某些困难……读者被词语的形状所迷惑。

问：但是您看到一个词语时，难道它不该具有某种意思吗？

答：在散文中，一个英语单词指的就是它所说的东西。在诗歌中，你是在听两种东西……你是在听意思，它所说的普通意思。但是它说得更多。这就是难点。①

---

① 这段答问原是一篇发表在 1957 年 10 月 18 日《纽约邮报》上的访谈的前三分之二，题为《麦克·华莱士问威廉·卡洛斯·威廉斯：诗是一只死鸭子吗？》。

三

老彼得·勃鲁盖尔,画了
一幅《耶稣降生图》,画了一个
新生的婴儿!
在词语当中。
　　　　有武装的人们
野蛮的有武装的人们
　　　　　　拿着长矛,
戟和剑
低语的人们转过脸去
抓住了问题的
　　　　核心
当他们对着大腹便便的
白胡子(居于中心)
他们评论的笑柄说话,
斜视着,表现出
他们对这个场面的惊异,

面部特征,如同更愚蠢的
后来战争中的
德国兵

——但是圣婴(仿佛
来自一份
彩色图录)赤裸着躺在母亲的
膝上

——这一个场景,足够
真实,常在穷人当中
得到见证(我向勃鲁盖尔
致敬,他画了
自己见到的东西)——
  无疑,有很多次
是在他自己的孩子当中,当然不是
在这个背景里

戴着王冠和主教冠的
三个人,其中一个是黑人,
显然来自远方,
(拦路强盗?)

以他们穿着的华贵
长袍——为祭品
以求与他们的众神和解

他们的手上满是礼物
——他们当时
有看见幻象的眼睛——并且看见,
用他们特有的眼睛
看见了这些
让贪婪的士兵妒忌的事物

他画下了
场面的纷繁喧嚣,
中间,是老人蓬乱
纷披的头发
下垂的嘴唇

——不可思议
对于这么简单的事情
竟然有这么多的大惊小怪
比如一个婴儿降生在一个老人面前
出自一个少女,一个漂亮的少女

就那样

但是这些礼物！（艺术品,
他们是从哪里拿来的
或者更确切地说
是偷来的?）
——还能如何尊敬
一个老男人,或者一个女人?

——士兵们衣服破旧,
张着嘴,
他们的膝盖和脚
被三十年的战争摧毁
艰难的战役,他们的嘴
为备好的盛宴
流着口水

艺术家彼得·勃鲁盖尔
从两个方面看:想象力
必须被侍奉——
而他的侍奉
    是冷静的

贫穷不是致命的罪恶——只除了这个现在有钱了的没有特点的部落——凝视原子,完全失明——没有恩典或怜悯,仿佛他们是很多贝类。艺术家勃鲁盖尔,看见他们:他的农民的衣服,材料比我们所能吹嘘的更好,手工织造。

——我们已经到了粗制滥造的时代,人成了劣质货,被老板驱使,行业内外,唯利是图。对谁来说?但那个葡萄牙泥瓦匠不是这样,他的老板"在新的国家"正在为我建造一堵墙,推动力来自旧世界对"美德"的认识。"他们今天在商店里卖给你的东西,不好,在你手上破碎,工厂加工出来的东西,在你手上破碎,不在乎它们最终成了什么"

根据《马太福音》第一章第18节——耶稣基督降生的事记在下面:他母亲马利亚已经许配了约瑟,还没有迎娶,马利亚就从圣灵怀了孕。

19节 她丈夫约瑟是个义人,不愿意明明地羞辱她,想要暗暗地把她休了。

20节　约瑟正思念这事的时候，有主的使者向他梦中显现，说，大卫的子孙约瑟，不要怕，只管娶过你的妻子马利亚来，因她所怀的孕是从圣灵来的。

《路加福音》……马利亚把这一切的事存在心里，反复思想。

只有毫不犹疑地
把自己交给爱人的女人
才是贞洁的

亲爱的比尔：

巴黎的一位挚友 G. D. 告诉我，今天的法国是被宪兵和看门人统治的。他娶了亨利·马蒂斯的女儿，他是我在欧洲遇到的最活跃的领导人。在社会主义的丹麦，我认识一个非常聪明的作家，一个女人，她来了美国，和一个可怜的小文人生了一个孩子。穷愁潦倒，遭到遗弃，她回到了哥本哈根，过着贫困拮据的生活，为政治家写评论，偶尔做做中级英语和初级丹麦语的讲座。她住在那个美丽城市的贫民区，努力养活一个令人惊奇的男孩，孩子长得结实而可爱，非常有男子气概。给他带橙子、巧克力和他妈妈买不起的一些美味食物是我的乐事。她告诉我，社会党警察有天晚上找到她，问她为什么不给政府交税。她回答说是因为穷。你还记得托马斯墓碑上的墓志铭吗？"这墓中埋葬着贫困和无名。"一周后，警察们又来了，威胁要搬走她的家具，交由政府扣押。她再次恳求说，如果她把仅有的克罗纳都拿出来，她的孩子就要挨饿，警察说："我们昨天晚上去过范·汉德尔酒吧，从老板那里得知你买了一瓶酒；如果你有钱喝酒，当然就能交得起税。"然后她说："我如此贫穷，被逼得这么绝望，我需要一瓶酒来让我摆脱忧郁。"

我十分确信，人们只需要他们肚子渴望的那种政府。而且，我无法治愈世上的任何灵魂。柏拉图去找过叙拉古的僭主狄俄尼修斯三次，有一次几乎被杀，另一次差点儿被卖做奴隶。因为他误以为他可以影响一个恶魔，按照《理想国》来规划他的暴政。塞涅卡是尼禄的老师，亚里士多德教导过马其顿的亚历山大。他们都教了些什么？

我们对这里很满意，因为物价低；我妻子吃烤大牛排，只需要花七个比塞塔，大约十五到十六美分。早上去商店是一种仪式；面包店的女店主会和你打招呼（礼貌总是会安抚精神，放松神经），牛奶店（你买牛奶的地方）的男人或他妻子会向你致意，一个以三比塞塔卖给你气球和冰的谦卑的女人会灿烂地微笑……

爱德华 ①

佩特森日益衰老

  他的思想的狗
已经皱缩
只剩下"一封热情的信"
写给一个女人,他过去忽略了
和她上床的一个女人
   继续
生活和写作
   回复
信件
  照看他的花园,
修剪草地,并尝试着
让年轻人
  尽早结束

---

① 取自爱德华·达尔伯格（Edward Dahlberg, 1900—1977）1957年9月20日写给威廉斯的信。

他们在词语使用上面的错误
他发现这是如此艰难,
他在诗行使用上面
亦曾犯过这样的错误:

"百花斑驳的背景上的独角兽"

在写作技巧方面没有任何情感的成分。你会说,这是蠢人无法学会的。但是任何有突发奇想要写下来的年轻人,哪怕要在纸上写出一个干净的句子——都能从一个随时准备帮助他——和他交谈的长者那里获得勇气。

群鸟飞翔,一起
在这个季节寻找它们的巢
一群黎明前的鸟儿,幼鸟
"张着眼睛睡了一夜",
被欲望驱使,充满激情,
它们通常是远道而来。
现在它们分开,一对一对
去指定的交配地点。
在天空耀眼的阳光下

羽毛的颜色无法辨认
但是老人的心
被白色、黄色和黑色搅动起来
仿佛他可以在那里看到它们。

它们再次出现在空中
让他平静。尽管他在靠近死亡,
他还是对很多诗歌着迷。
鲜花一直是他的朋友,
甚至在绘画和壁毯上
它们躺在里面穿越过去
在博物馆里,令人羡慕地得到守护,
和防虫处理。它们蛮横地吸引他
去见证它们,让他想起
公交车时间表,如何避免
无礼者——精神振奋
看到十二世纪的景象
老妇人或年轻女人
男人或男孩,熟练地运针
把绿色的线准确地
编织在紫色旁边,将桃金娘绣在
冬青旁边,又将棕线绣于边缘:

完全遵照为它们规划的
草图。全都在一起,一起工作——
所有的鸟儿在一起。鸟儿
和树叶,注定要编织在一起
在他的心中蚕食
全都是为了他的目标

——衰老的身体
　　带着变形的大脚趾指甲
让它自己为人所知
　　来临
　　　　找到我——带着
　　　少有的微笑
在那片田野簇拥的花丛中
　　在那里,在四月
　　　　独角兽被囚禁在
低矮的
　　木篱中!
　　　　同一个月份
在柱子的根部
　　他看见一个男人挖出
红色的蛇,用铁锹拍死。

葛德温① 告诉我
　　　它的尾巴
会不停地扭动
　　直到太阳
　　　　落山之后——
他无所不知
　　或一无所知
　　　　还很年轻的时候
便死于疯狂

（自我）方向已经改变
　　这条蛇
　　　　嘴里咬着自己的尾巴
"河流已经返回它的源头"
　　倒退
　　　　（前进）
它在我体内折磨自己
　　直到时间最终被冲走：
　　　　"我知道一切（或者足够多）
它变成了我"

————————

① 威廉斯的叔叔戈德温·韦尔科姆（Godwin Wellcome）。

——自从那时起
诸时代就丧失了勇气
　　但是它们更干净
　　　　更不受疾病的侵扰
心灵在它们内部腐烂
　　我们会说
　　　　这条蛇
把它的尾巴再次
　　咬在嘴里！
　　　　那条聪明绝顶的蛇

现在我走向那些小花
　　它们聚集在
　　　　我爱人的脚边
——狩猎
　　独角兽
　　　　这爱之神
童贞女之子

　　心灵是恶魔
　　驱使我们，好吧，
　　你是否喜欢它

胜于翻动蔬菜

　　并且不留胡子？

——我们是不是要谈谈
　　只见于镜中的爱情
　　　　——没有复制品？
只反射她不可捉摸的精神？
　　哪一个是她？我看见
　　　　却不去触摸她的肉体。

独角兽在所有真正恋人的心灵的森林中
漫游。他们捕获它。汪汪！绿色的
冬青歌唱！

——每个已婚男人头脑中
　　都带着一个处女可爱又神圣的
　　　　形象
他嫖过她
　　但是他生动地虚构出
　　　　一条壁毯
丝绸和羊毛织就，用银线射穿

一只奶白色的独角兽

　　　　　　我，佩特森，国王本人

看见了那位女士

　　　穿过崎岖的树林

　　　　　　在宫墙外面

在冒汗的马的恶臭中

　　　而被刺伤的猎犬

　　　　　　痛苦地狂吠着

喘着粗气

　　　看见死亡的野兽

　　　　　　最终被抬进来

横在前鞍桥上

　　　在橡树之间。

　　　　　　佩特森，

振作你的精神

　　　不论情况如何！

　　　　　　一处就是到处：

你可以从诗中获悉

　　　在任何语言里

　　　　　　空洞的脑袋轻敲出

空洞的回声！这些人影

　　　有着英雄的身材。

　　　　树林寒冷
尽管还是夏天
　　那位女士的长袍沉重
　　　　拖曳在阜上。

四周,风景中开满了小花。
　　第二只野兽被带进来
　　　　受了伤。
接着是第三只,追猎中的幸存者,
　　躺下来休息片刻,
　　　　它帝王般的脖颈
紧紧戴着珠宝项圈。
　　一条猎狗仰卧着
　　　　被这野兽的独角
挑出了内脏。
　　带走它或是留下它,
　　　　如果帽子合适——
就戴上它。朵朵小花
　　似乎在拥挤着要参与其中:
　　　　甜美的白色芝麻菜,
在它分叉的茎上,四片花瓣
　　一个个紧挨着

　　　　以细节充满
一个又一个画框,没有透视
　　　在画布上彼此接触
　　　　　构成图画:
怪异的紫罗兰
　　　如同象棋中的骑士,
　　　　　梅花形,
黄色的脸——
　　　这是一块法国
　　　　　或者佛兰芒壁毯——
气息甜美的报春花
　　　贴着地面生长,诗人们
　　　让它们闻名于英国,
　　　　　我无法全部说出:
穿拖鞋的花
　　　红红白白,
　　　　　平衡地悬挂在
纤细的苞片上,花萼均匀地排列在茎上
　　　毛地黄,野蔷薇
　　　　　或野玫瑰,
像女士的耳垂一样粉红
　　　当它从头发下面露出来,

风铃草,蓝色和紫色,一簇簇
像树叶中的勿忘我一样小。
　　黄色的花心,绯红的花瓣
　　　　还有反过来的搭配,
蒲公英,黑种草,
　　矢车菊,
　　　　蓟和其他的植物
我不知道名字和香味。
　　树林里长满了冬青
　　　　(我告诉过你,这是
一个虚构,请注意)
　　法国田野里的黄旗子在这里
　　　　还有很多其他的花
同样聚集在这里:水仙
　　龙胆草,雏菊,蓝花耧斗菜的
　　　　花瓣
桃金娘,颜色深浅不一
　　　还有金盏草

洋槐在晨风中
　　在她的窗外
　　　　一根树枝

悄悄晃动
　　摇曳起伏
　　　向上，左右
来回摆动
　　让我联想起的
　　　　不过是一个老妇人的微笑
——壁毯的一个部分
　　保存在一面侧壁上
　　　　呈现出一个年轻女子
　　　　额头圆润
她迷失在树林中（或是隐藏着）
　　一个猎人的号角吹响
　　　　　　宣告
（也就是，展示）
　　他站在那里，几乎
　　　　完全隐藏在树叶中。她
以她的奇特吸引我，
　　她装束典雅
　　　　置身于树叶间，倾听着！

她脸上的表情，
　　她站立之处，远离他人

——处女和妓女,

　一种身份,

　　　都是为了卖给

出价最高的人!

　而谁能比一个恋人

　　　出价更高?摆脱它吧

如果你把自己称作女人。

相反,我给你,一个年轻男人

　　　在地狱的轻蔑中,

　仁慈地分享女性世界

——曾经有一次

　有一次:

　呱!呱!呱!

　乌鸦的叫声!

　在二月!它们在二月开始叫。

　她不想活到 ①

---

① 这里的"她"指的是威廉斯的祖母艾米莉·迪金森·韦尔科姆(Emily Dickenson Wellcome)。

成为一个老妇人，阴道里
装着瓷的门把手，托住子宫——但是

她变成了那样，神通广大，什么？
他是第一个让她恶心的人

他从未离开她，直到给她留下了
孩子，就像一个士兵那样

直到营地解散。

她也许曾被"贴上标签"，就像太宰治
和他圣洁的妹妹 ①

所经历的那样

见到她的孙子时，她已经老了：
  你们年轻人
     认为自己无所不知。

---

① 出自太宰治《落日》(1947) 的最后一章。

她带着伦敦腔说
  然后停下来
    狠狠地盯着我:
过去是为了那些活在过去的人的。停下!

——随着年龄增长,学会在睡梦中度过我的一生:
格言

  节奏是干预,我们只知道节奏,

    所有节奏中的一种选择……

     有节奏的舞蹈
"除非玫瑰的芳香
  再次把我们惊吓"

同样可笑的
  是假装一无所知,一个
   棋局
大规模的,"物质的",复合的!

   哟嚯!塔嚯!

我们一无所知,可能一无所知
　　　　　但是
舞蹈,以一种节奏舞蹈
对位地,
　　萨堤尔式地,悲剧的脚步。

附 录

第六卷

(1961年)

1961年1月4日

在那个恶作剧中,你亲近的人们
知道的是你那亲密的"天才"之名,
在你的敌人抓住你之前
你了解瀑布,流畅阅读希腊文
这并没有阻止那射杀你的子弹——在黎明后终结
在那个九月黎明的维霍肯 ①

——你使国家衰弱或者变小,这样我们就能
团结在一起并且赚点钱

一个富人

———————

① 维霍肯(Weehawken),美国新泽西州哈德逊县一城镇,1804 年 7 月 11 日,亚历山大·汉密尔顿与副总统阿伦·伯尔在此地决斗,汉密尔顿中枪身亡。

约翰·杰伊 ①,詹姆斯·麦迪逊 ②,让我们读读它!

词语是诗歌的负担,诗歌由词语构成

1961年8月1日

蒲公英——狮子牙齿——不可言喻的彩陶
老哈德逊河的作品,也可能属于佩特森

一个粗糙廉价的罐子
盛放腌制桃子或者浆果

随意又带有所有的家政艺术
或者厨房的架子上
一条高贵的蓝曲线
形成一个简单的花纹图案

---

① 约翰·杰伊(John Jay,1745—1829),美国政治家、外交家和法学家,美国第一任首任大法官,与亚历山大·汉密尔顿和詹姆斯·麦迪逊共同撰写了《联邦党人文集》。
② 詹姆斯·麦迪逊(James Madison,1751—1836),美国第四任总统,美国制宪会议代表及《美利坚合众国宪法》起草和签署人之一。

来装饰我卧室的墙

它本身是没有设计的抽象设计
对于一个因拥抱河中月影
而溺亡的中国诗人,它只不过是其本身。

——或者一棵经霜的榆树的意象,在最欢快的哑剧中被
勾勒

舞蹈,舞蹈!放松你的四肢,这样
艺术就会比毒品更快地拥抱你——我卧室墙上的蒲
公英。

1961年7月1日

就像维霍肯之于汉密尔顿
对于普罗旺斯,我们会说,他憎恨它
但对它一无所知,也不在乎
把它用在他的计划中——于是
建立了这个国家,在当时
它将逐渐成为一个世界奇迹

它将要超过他当作楷模的伦敦

（发展中的一个关键人物）

如果有哪个人是重要的
比匕首的尖——或一首诗更重要：
或者在一个民族的生活中无关紧要：看看达达或一个斯大林的
谋杀
   或者一个李白
     或者一个无名的蒙特苏马①

或者一个被忘却的苏格拉底或亚里士多德
在亚历山大图书馆被大火毁灭之前（就像萧伯纳嘲讽地写到的那样）
里边萨福的诗都丢了

并带来了我们（亚历克斯非婚生）

不合法地纠正了变态，但那本身

---

① 蒙特苏马（Montezuma），古代阿兹特克人的领袖。

不足以造就一个诗人或政治家

——华盛顿身高六英尺四英寸,嗓音微弱,头脑迟钝
这让他不便于快速运动——所以
他停留下来。他在树林中缓慢地养成了一种意志
这样当他行动时,世界就给他让路了。

露西有一个子宫
　　　就像每个女人一样
　　　　　　她父亲把她卖掉
她这样告诉我
　　　卖给了查理
　　　　　　为了三百美元
她不会读书写字
　　　刚从古老的乡村
　　　　　　出来
她还没有改变
　　　我给她接生了
　　　　　　十三个孩子
在她来这儿之前
　　　她粗俗不堪
但是对我绝对忠诚

她有一个朋友
　　　　布莱克辛格太太
一个爱尔兰女人
　　如果她有兴致
　　　　就会讲一个故事